가붓한 욕망

a slight Desire

정한호의 포토에세이

가붓한 욕망

발행일	2016년 03월 08일		
지은이	정 한 호		
펴낸이	손 형 국		
펴낸곳	(주)북랩		
편집인	선일영	편집	김향인, 서대종, 권유선, 김예지
디자인	이현수, 신혜림, 윤미리내, 임혜수	제작	박기성, 황동현, 구성우
마케팅	김회란, 박진관, 김아름		
출판등록	2004. 12. 1(제2012-000051호)		
주소	서울시 금천구 가산디지털 1로 168, 우림라이온스밸리 B동 B113, 114호		
홈페이지	www.book.co.kr		
전화번호	(02)2026-5777	팩스	(02)2026-5747
ISBN	979-11-5585-953-7 03810(종이책)		979-11-5585-954-4 05810(전자책)

이 도서의 국립중앙도서관 출판예정도서목록(CIP)은 서지정보유통지원시스템 홈페이지(http://seoji.nl.go.kr)와
국가자료공동목록시스템(http://www.nl.go.kr/kolisnet)에서 이용하실 수 있습니다.
(CIP제어번호: CIP2016005165)

성공한 사람들은 예외없이 기개가 남다르다고 합니다.
어려움에도 꺾이지 않았던 당신의 의기를 책에 담아보지 않으시렵니까?
책으로 펴내고 싶은 원고를 메일(book@book.co.kr)로 보내주세요.
성공출판의 파트너 북랩이 함께하겠습니다.

정한호 사진·글

a slight Desire

가붓한 욕망

북랩 book Lab

책 머리에
prologue

줄곧 해오던 일을 접고 사진여행을 시작한 지 7년이 지나가고 있다. 어른이 되고 난 뒤에 빛나는 청춘과 함께 사라져버린 아름답고 소중한 것들에 대한 갈증. 그리운 내 안의 욕망을 찾아 나섰다.

기억하는 첫 번째 사진은 7살 무렵 더운 여름 어느 날이었다. 바다까지 보이는 부산 용두산 공원. 외삼촌 손에 이끌려 힘들게 올라 비둘기 떼를 따라다니며 놀았던 기억이 생생하다. 과자 같은 먹이를 두 손에 들고 서있기가 무섭게 맹렬한 기세로 퍼덕이며 달려 들다가 사뿐히 내려앉는 비둘기들. 손바닥 위에서 부리를 쪼아대는 순간, 공원 사진사의 날카로운 셔터 소리가 연달아 들려왔다. 며칠 뒤에 흑백사진 여러 장이 배달되었다. 지금도 애지중지 보관하고 있는 것을 보면 사진이 주는 힘은 대단한 것 같다.

카메라를 손에 쥐었던 날은 한참 뒤의 일이다. 기계로 치면 손목시계, 라디오를 거쳐 워크맨을 가지고 난 다음이니 고등학생이 되고 나서다. 아버지가 쥐어준 '코니카 Konica'라는 이름의 기계식 필름 카메라였다. 소풍이라도 가는 날이면 카메라 앞에서 줄까지 서가며 순서를 기다리는 친구들. 어깨가 절로 으쓱거려지는 일이었다. 이런 기분은 교실에서도 며칠 지속됐다. 사진 현상

4 가붓한 욕망

을 해서 호명을 하면 같이 즐거워해 주었던 친구들. 책장 가운데 한 칸을 독차지한 늠름한 카메라를 보기만 해도 바람을 잔뜩 넣은 풍선마냥 마음이 부풀어오르곤 했다.

카메라 뷰 파인더 유리가 깨어지던 날로부터 몇 년이 다시 흘렀다. 시간은 기다려주지 않아서 어느새 어른이 되었다. 그렇게 카메라와 멀어졌고 몇 번의 이사로 지금은 내 자부심 같았던 '코니카' 카메라는 찾을 길이 없게 되었다. 그때의 인연으로 코니카 미놀타를 거쳐서 소니 미놀타까지 이어오고 있다.

글쓰기 인연도 별반 다를 것이 없다. 첫 백일장 시상대의 기억은 중학생 때다. 그 날 이후로 시골 문학청년 흉내를 내면서 세상의 아름다움과 마주했던 유년시절의 기억. 언제인가부터 남의 일처럼 낯선 것이 되어버렸다. 얇은 시집 한 권 들어 본 기억마저 가물거리는 것을 보면, 어른이 된다는 것은 어느 날 소중했던 카메라도, 노래도, 시도, 친구들도 생각해 볼 겨를 없이 한순간에 잃어버리게 만드는 것은 아닌지… 소중했던 많은 것들과 나답게 만들어주었던 것들이 무엇이었는지 생각해 볼 수 있었던 시간은 그리 오래되지 않았다. 정신없이 시간이 흘러버렸던 것이다.

이런 것들을 다시 찾고 싶다는 생각을 하기까지는 시간이 더 필요했다. 내 안의 욕망도 조금씩 머리를 들어 올리면서부터였다. 다시 카메라를 손에 들었다. 몸과 카메라가 하나가 될 때까지 셔터를 눌러댔으며, 가보고 싶은 곳은 모두 다녔다. 책과 사진 갤러리도 수없이 찾았고, 어떤 날은 한 장의 사진 앞에서 얼어버린 채 가슴이 먹먹해지기도 했다. 직장과 맞바꾼 시간으로 더 멀리 떠날 수 있었고, 고개를 든 내 안의 욕망과도 마주하는 시간들이 쌓여갔다. 얼마나 오래도록 할 수 있을까?

글쓰기 연습도 다시 시작하면서부터는 불쑥 불쑥 솟아오른 감정도 차분해
지고, 과한 의욕과 욕심이 자리한 곳에는 여백이 생겨나고 있었다. 욕망이
가벼워지고 있었던 것이다. 나비처럼, 잠자리의 날개처럼, 때로는 종달새의
깃털처럼 한번 가볍게 날아올라 보고 싶어졌다. 얼마나 더 들어내어야만 될
까? 사진과 글로 다시 꿈꾸는 나의 '가붓한 욕망'을 한 권의 책으로 풀어놓
는다.

2015년 11월
정 한 호

이상한 결핍으로부터

부재의 나날. 결핍. 무기력. 의미 없음. 또 그 이야기…
현실과 타협해서 만들어낸 단어들이 맴돈다.

순수한 열정, 가슴 뛰는 설레임 같은 것은 타다가 꺼져버린 걸까?
이상한 결핍의 시간들이 지나가고 있다.

찌꺼기 하나 잿더미 속에서 풀썩인다.
가볍게 일렁인다.

반쯤 타서 겨우 알아 봄직한 사진 한 장.
가뿐한 욕망의 불씨 하나.

사라질 풍경 속으로

블루리버 파크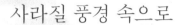Blue River Park 야테Yate호수.
말라버린 호수에 희망 같은 웅덩이 안으로 하늘이 고여있다. 빛의 애
무로 갈라진 땅바닥에 마른 꽃이 피었다. 머무르지 못한 풍경이 더욱
아리다고 한 것처럼 오래도록 안아본다. 물이 고이면 사라질 풍경.
그 깊은 속내를 보고서야 희망이 되어버린 웅덩이의 마음이 보인다.

분장

원주민의 분장이 한창이다.

이 땅의 본래 주인의 모습. 자연에서 채취한 색상으로 용맹스런 전사
가 되어간다.

이들의 모습이 오늘에 와서는 휴양지의 관광거리 정도일지라도 서로
의 분장을 마무리 해주는 모습이 진지하기 이를 데 없다.

남태평양 풍요로운 섬에는 문명의 옷이 굳이 필요했을까 싶다. 검은
피부에 화려한 분장만으로 충분히 유혹적이다. 이 땅에서 쌓여온 시
간의 컬러다.

삽상한 날갯짓

같은 공간, 다른 모습이 바람을 탄다.

에메랄드 빛 바다. 빛을 머금은 백색 모래사장을 앞으로 밀어내고 뒤로는 바람이 머무는 숲이 있다. 바다에서 빠져나온 아이들이 삽상한 바람을 펄럭이기도 하고, 그 바람에 날개를 접고 걸어가기도 한다.

그 모습이 마치 오선지 위를 춤추는 음표 같다. 고음의 뒤집힌 팔분음표, 저음의 잔잔한 사분음표를 닮았다. 숲속에 내려앉은 짙은 그림자처럼 어릴 적 행복한 추억 하나가 새겨진다.

2009. 뉴칼레도니아

닮아가기

아무래도 다시 바다로 가야겠다.

하늘색이 되어버린 바다,
금방이라도 건널 것 같은 섬 한 자락.

바다의 투명한 소리가 된 파도,
그리고
주인을 닮아버린 개…

걷다가, 뛰다가, 그만 멈추어 서서 앉아 있어도
곁에서 마음을 맞춰준다.

바다만 보아도 충분한데…

2009. 뉴칼레도니아

다이빙하는 아이

섬마을에서 제일 가는 놀이터는 바다다.
아이의 첫 번째 모험을 받아준 곳도 바다일 것이다.
투명한 여름 한낮의 햇빛을 온 몸으로 받으며 물결 속 하늘로 날갯짓하는 몸짓.
참 가볍게 비상하고는 이내 시야에서 사라진다.
곧이어 머리를 흔들며 들리는 시원한 소리 하나.
푸−우!
중력조차 따돌린 날렵한 부상은 움추린 내 욕망이 솟아오른 감탄사 같다.

2009. 뉴칼레도니아

아이들

어딜 가도 아이들을 만난다.
천사 같은 순수의 존재들.
때묻은 나를 순수로 닦아내면 마음이 투명하게 맑아진다.

2009. 마다가스카르

2009. 뉴칼레도니

바다를 사랑한 사람

바다에 나가 다리를 다쳤다.

바다는 있는 그대로 그를 품어준다.

땅 위에서만 필요한 지팡이…

가뿟한 욕망

　가붓한 욕망

무이네 Mui Ne

베트남에 가게 되면 '무이네'에 가보라 했던가?
특별하게 다가오는 어촌마을이다. 생선 맛이 제일이라는 것은 차치하
더라도 한 시간만 가만히 바라다보면 그 이유는 분명해진다.

크고 작은 배, 바구니 모양의 조각배까지 어울려 있는 아름다운 풍경
이 오브제로 흩어지다가도 다시 합쳐지는 경험을 하게 된다. 잡혀온
생선이 뿜어내는 비릿한 바다 냄새가 코를 찌르기도 하지만, 대대로
이어져 내려온 어촌 사람들의 치열함이 오히려 풍요롭다.
사흘 동안 거르지 않고 지켜보아도 도무지 지겨울 틈이 없다.

2009. 무이네, 베트남

우연

하루 종일 걷다가 돌아가는 길에 노을을 만났다.

기대도, 바라지도 않았는데…

순식간에 벌어진 일이라 외마디 탄성과 함께 화들짝 놀라고 말았다.

시간 가는 줄 모르고 혹사시킨 발바닥이 한결 가벼워졌다.

2009. 무이네. 베트남

그리운 기억의 창고

가붓한 욕망

여행지에서 일상적인 삶을 보고 싶다면 부지런을 떨어야 한다.

이른 아침에 등교하는 학생들을 볼 때면 습관적으로 뒤를 따르게 된다. 아마도 과거의 기억 때문이리라. 카메라를 들고부터는 돌아갈 수 없는 학창시절이 스틸컷으로 남아 기억의 창고가 되어주는 것이다.

학교로 갔다. 상의가 흰색인 교복을 입고 등교했던 내 또래의 학창시절. 지금도 설레는 마음은 역시 변함이 없다. 주체할 수 없었던 청춘의 그 시절이 그리운 것도 같고, 심장에 각인된 유년의 하얀 사랑 때문인 것도 같다. 게다가 하얀 아오자이 교복을 보게 되었으니 거의 반사적 수준이다. 과거로 돌아가는 타임머신의 하얀 열쇠가 되어주니 말이다.

오늘 산책은 이것으로 충분하다. 가슴은 따뜻해지고 생기도 솟아난다.

무이네, 베트남

물길 따라

'길들여진다'는 말이 생각난다.
익숙해진다는 것은 반복된 시간의 층이 쌓여 가는
것이다.

목가적인 풍경을 보고 있었다. 주인이 이끌지 않아
도, 몰지 않아도 소 두 마리 잘도 알아서 앞으로
걸어간다.

오랫동안 주인과 함께 시간을 나누며 걸어갔던 길
인 듯하다.
물길 따라서 일터로 잘도 알아서 간다.

2009. 무이네, 베트남

꽃배달 아가씨

가벼운 욕망

이보다 더 낭만적인 배달이 있을까?
저만한 나이 때에 나도 자전거를 배웠다.

자전거에 꽃을 실어본 적은 없었지만,
달릴 수 있는 것만으로 기분이 좋아지던 시절이었다.

꽃배달 아가씨 미소가 얼굴 한 가득이다.
과일까지 주렁주렁…
심부름 시키는 엄마의 얼굴에도 미소가 번진다.

2009. 호치민, 베트남

갈증과 우물

배낭을 꾸렸다.
중국 수향마을을 지도에 의지한 채 다녀보기로 한 것 자체가
무모한 초보 사진여행자의 티를 낸 시도가 되고 말았다.

사진만을 위해 떠나는 처음 여행은
실패와 고독과 의지와의 힘겨루기가 되어 버렸다.
사진이 없었다면 결과는 뻔했으리라!
하루하루를 힘들게 버티며 나아갔다.

삶에 대한 애정에서 비롯된
갈증 같은 것이 시켜서 한 일이다.

밤길을 걸으며

2012. 오진, 중국

천년고도 수향마을의 밤. 오진烏鎭에 홀로 떨어졌다.

대체 무슨 마음으로 왔을까? 무모한 심경도 뒤로 물리고 밤 풍경에 취해보는
것이 순서로는 먼저다. 운치있는 조명만 봐도 옛 영화가 다시 찾아온 듯하다.
장사할 물건 대신 관광객과 그들의 짐을 나르기에 여념이 없으니 말이다. 물
의 도시 '베네치아'라고 별 수가 있으랴. 이방인들의 방문이 도시의 생기를 더
하는 것으로 밤은 더욱 밝아지는 것이다.

낮보다 밤이 더 좋을 때가 많다. 어둠 없는 빛이 없기 때문이기도 하고, 여백이 많아 마음이 더 자유로워지기도 해서다. 오늘 밤은 온전히 내 것처럼 보인다.
숙소를 찾아 들어가는 좁은 길이 설레게 하는 밤.
큰 길보다 골목길이 더 좋은 이유는 이야기가 더 많기 때문이 아닌가 한다.
전체보다 조각조각을 더 많이 볼 수 있고, 말로는 다 할 수 없는 사연들이 새겨져 있어서 그러하다.
이 많은 고풍스런 지붕들과 골목들, 하얀 회벽, 나무로 된 창문들…
모퉁이를 돌아설 때마다 작은 이야기들이 밤길을 걸어나와 물길 위에 쏟아져 버릴 것만 같다. 이런 풍요로운 삶의 프레임을 사랑한다.

2012. 오진. 중국

생기에 찬 아침

아침부터 거리가 분주하다.
끼니를 때우기 위해 밖으로 나서자 이들의 일상 속으로 쉽게 스며들어져서
기분이 좋아진다. 카메라를 들고서도 부담이 없다.

여러 나라를 여행하다 보면 집에서 아침을 차리는 곳 보다 밖에서 해결하는
곳이 많다는 사실을 알게 된다. 이곳도 예외는 아니어서 불을 피우고, 빵을
굽거나 기름에 튀기고, 차를 끓이는 길거리 풍경을 흔하게 볼 수 있다.
길거리가 일순간에 활기에 차서 술렁이는 아침. 반가운 친구의 뜻밖의 방문
같다.

지나는 행인도 덩달아 걸음이 분주해진다.
야윈 잠결에 허기진 내 배도 채울 겸 나도 현지인 뒤로 슬그머니 줄을 선다.

2012. 오진, 중국

아침에 들어야 할 소리

집 앞마당이나 골목길에 빗질 소리를 들어본 적이 언제였던가?
깨끗하게 치워진 골목길에 앉아 휴식을 취하는 노인들. 햇살이 처마 밑으로
밀려들어오고 긴 그림자가 운치를 더하는 하루의 시작이다. 그런데 왠지 음
산한 기운이 흐른다. 조용하기 까지하다. 젊은이들은 다 어딜 가고 노인들만
남았는지…
깨끗하게 지난 하루를 정리하고 상쾌한 하루를 맞는다는 것이 이 오래된 수
향마을 한 귀퉁이에서는 사치인 것처럼 보인다.

세월의 무게가 노인들의 어깨에 올라타고 있는 것 같은 정적이 흐르고 있다.

소리에도 들어야 할 시간이 있지 않는가?

아침에는 사람들 사이에서 오가는 소리를 듣는 것이 좋다.

아이들의 재잘거리는 소리, 아침을 짓는 소리, 첫 인사를 건네는 소리들이

아침에 듣기에 제격인 소리다. 모두 생기가 넘치는 삶의 소리 말이다.

떠나 온 곳의 시끄러운 소리가 그리워지는 아침이 되고 말았다.

어떤 긴장감

비가 그친 뒤 후덥지근한 오후가 지나가고 있다.
저만치 비켜서서 찻집 푹신한 의자에 앉아 나른한 졸음
을 청해 본다. 떨어지는 고개저울질에 놀라 맞은편 기와
나루터에 시선을 고정시키기를 반복하고 있었다. 가만!
손님도 있고 배도 정박돼 있는 데 둘은 무엇을 기다리고
있는 걸까? 물결도 잔잔한 풍경 속에서 이상한 긴장감
이 감도는 것이었다.
손님처럼 보이는 아가씨는 눈길도 한번 주지 않고 핸드
폰 화면에 시선 고정이다. 사공은 연신 고개를 돌려보지
만 지루함만 쌓여가고 눈 맞추기를 포기하기 일쑤였다.

뱃사공이 이 싸움에서는 지고 말았다.
두 사람간에 팽팽하게 긴장된 보이지 않는 실. 이발사가
가위질이라도 한 듯 이상한 기다림이 싹둑 갈라졌다.
배가 먼저 움직이고 말았다.

2012. 오진, 중국

남색 꽃천, 란인화부藍印花布

남색 천에 꽃무늬가 앉아있다.
푸른 하늘에, 불어오는 바람에 내어 놓아도
선명하게 천 속에 갇혀있다.

꽃 이파리 부는 바람에 날아갈까
염려하는 크기만큼 꽁꽁 동여매고 가두어 놓는다.

물들이기는 예쁜 처자 손톱에 동여맨
봉숭아 눈물이 마른 듯 애처롭다가도
아름답기로는 그지없다.

2012. 오진, 중국

배 위의 청소부

세월을 꿀꺽 삼키고 낡아버린 집들이 버티고 있다.
양쯔강의 물과 묵묵히 지키는 이가 없었다면 마을도 진작
에 사라졌으리라!

배 위에 청소부가 천년의 시간을 지키고 있을지 모른다는
억지스러운 생각도 도무지 밉지가 않는 비약이다. 청소부의
일상은 이미 서당西塘 마을과 하나가 되어버린 것 같다.

마을을 지키는 말없는 노력들.
이토록 오래된 존재를 바라볼 수 있게 하는 이유로 구차한
설명이 더는 필요가 없는 풍경이다.

2012. 서당. 중국

짜투리 마당

골목길 중에서도 꼬불꼬불 휘어진 길이 바른 길 보다 더 좋아진다.
길을 걷다보면 모퉁이가 나타나고 모퉁이를 돌면 조각보 같은 작은 마당이
나타난다. 여기에 골목길을 달려온 삶의 흔적들이 고이고, 그 시간들이 기억
된다. 마을의 빈 터가 되어서는 숨 쉴 틈과 여유로운 소통이 흐르는 곳. 골
목길 모퉁이 마당인 것이다.
그늘이 길어지면 나른하게 지친 사람들이 하나 둘 의자를 내어놓고 이야기
꽃을 피운다. 고목나무에는 그들의 시간들이 쌓여있고, 나무이파리 이파리
마다 메달린 모양이 저들이 풀어놓은 이야기 주머니 같다.

2012. 동리. 중국

3인 3색

더위를 꺾을 소리로는 소나기가 제격이다.

비를 피하고, 더위도 식히고 난 뒤에 서로 모여 있지만 제각기 다른 시선으로 생각에 잠겨있다. 홍등 아래에 모인 그 모습이 재미있게 연출된 것을 보고 있자니 한편으로는 사진적이라는 생각마저 든다.

"이 집엔 누가 살지?"

"비가 더 오기 전에 퇴근해야 할 텐데…"

"내일도 비가 오면 야들이 안 올려나!"

2012. 주가각, 중국

어떤 대화중에

친구 앞에서 눈물을 훔칠 일이 얼마나 있을까?
누군가와 긴 이별을 했을까? 자꾸만 그런 생각이 들었다.

며칠 뒤 '주장[周庄]'이라는 곳에 들렀다. 내리는 빗속으로 상여가 지나가고 있었다.
서당[西塘]에서 본 장면과 자꾸 겹쳐지는 것이 우연 같지가 않았다.

차분한 마음에 문득 가벼운 파문이 인다.

모든 살아있는 오늘을 사랑할 일이다.

2012. 상암. 중국

2012. 주장, 중국

나무

2012. 동리, 중국

오래된 집 옆을 지날 때면 주위 나무부터 살피는 버릇이 생겼다.

그리고 고목를 지나치면 고택들이 만들어 놓은 골목길, 부드러운 햇살, 낡은 창문, 달아버린 기왓장 등등에 마음이 먼저 가고, 눈에 들어오는 다른 것들은 그 다음이다. 이 모든 시간의 흔적들이 나무로 와서 숨을 쉰다. 굵어져서 단단해진 줄기며, 휘어져도 얇은 나뭇가지는 갈라진 자리마다 흔적이 가득이다. 나무 이파리마다 숨쉬는 마을 이야기들…

그러저러한 이유로해서 나무는 '시간의 의미와 생의 존재감' 그리고 '삶의 의지'를 조용히 느끼게 하는 것이 좋은 것이다.

두고두고 바라보며 즐기는 것은 건져올린 내 안의 욕망을 닮아있는 것 같아서다.

마음에 내리는 비

2012. 동리. 중국

비가 내리면 들뜬 마음도 차분히 가라앉는다.

이런 날에 음악이라도 들려오면 순식간에 우리를 낭만적으로 만들어버리곤 한다. 여행으로 부풀어 오른 마음에도 비가 내린다. 창가로 걸어가 빗방울이 들려주는 이야기에 귀를 기울여 본다. 물길 위로 부딪혀 튕기는 빗방울들. 은밀한 속삭임이 들여오는 착각마저 든다.

이미 마음은 비에 젖고 손까지 내민다. 주인장이 가져다 준 홍차의 따스한 온기와 은은한 향기는 젊은 시절 '쉘부르의 우산' 그때의 그 길거리로 돌아간 것 같다.

한 사흘 내릴 듯이… 수면 위로 튕기며 비벼대는 빗방울이 참 가볍다.

비의 중독

유월에 내리는 비는 장대비라야 최고다.
더울테면 더워보라는 기세가 밉지않다.

사람들은 총총걸음으로 다들 사라져 갔다.
여행이 중독이듯 비도 내게는 중독이다.

어린 시절 온 몸으로 비를 흠신 맞아 본 적이 있었다. 이상하게도 세차게 몸
을 적시고 난 후에 느껴지는 것은 '자유'같은 느낌이었다. 성인이 되어서는 '쇼
생크 탈출, 팀 로빈스앤디 듀프레인'의 '자유의 비'에서 다시 한 번 각인된 기억
이다.

엇비슷한 감정들이 바삐 돌아간다. 날씨 맑음의 어떤 날이 지루해지는 것은
비가 내리는 흐린 날 사색의 여유가 없어서는 아닐까?

비가 나를 찾으면 시인이나 철학자가 되어보고, 요즘은 사진가가 되기도 한
다. 지독하게 묻고 답을 구하는 버릇도 생겨나고 있다. 모두가 자유가 가져다
준 여유에서 비롯된 혜택이다.

유월에 내리는 비는 유독 나에게로 떠나는 여행이며, 길이 된다.
이 한적한 날 천년고도에 비는 내리고, 떠나온 여행에 취해서 비틀거린다.

2012. 주장, 중국

붉은 오성기

중국 수향마을을 거닐다 보면 붉은 오성기가 자주 보인다.

회칠을 한 하얀 벽. 작고 동그란 기와로 이은 검정색 맞배지붕이 마을의 대표적인 칼라다. 이런 무채색의 옛 도시에 단연 돋보이는 색은 붉은색이 아닌가 한다. 여행이 길어질수록 희미해지는 현실을 일깨워 주는 것이 오성기의 핏빛처럼 붉은 색. 여기는 중국이다 말한다.

다시 길을 떠난다. 낯선 거리에서 걷고 또 걸은 하루가 지나간다.

2012. 주가각, 중국

마음의 풍경

물 위에 터를 잡은 마을에는 물 속에도 집이 있다. 땅 위의 것과는 달라서 꿈속 마을 같다. 바람이라도 일면 그 바람 위에서 풍경소리로 춤을 추고, 돌 멩이를 던지면 금새 사라질 듯 소용돌이로 떨어댄다.

"풍경 사진은 마음의 풍경이다."라는 말은 물에 비친 풍경에 더 어울려 보인 다. 이 몽환적인 풍경에 정신을 빼앗기고 꿈길처럼 흘러가는 대로 마음의 풍 경을 쫓는다. 평온한 오후, 거리는 조용한데 '삐걱삐걱' 노 젓는 소리 하나 지나간다.

2012. 동리 중국

비라도 세차게 내릴 기세다. 사람들은 총총걸음으로 다들 사라져 버렸다.

유월에 내리는 비는 유독 나에게로 떠나는 여행이며 길이 된다.

가붓한 욕망

"우리는 타인의 욕망을 욕망한다."
타인의 시선을 염두해 둔 말이다.

"내 안의 욕망을 욕망하는가?"
되묻고 싶은 말이다.

아이러니하게도 타인으로부터, 외부로부터
자신이 진정 원하는 것을 발견할 수 있으니 말이다.

다른 이와 더불어 살아가는 삶 속에서
보석처럼 빛을 내고 있는 나의 욕망.

여행은 모든 상상하는 것들이 뒤엉킨 채로
해답의 실마리를 던져주고 있다.

짜이 한 잔

인도의 아침은 '짜이' 한 잔으로 열렸다.

여행을 다닐 때면 으레 모닝커피가 익숙한 때이기도 했다.

12월 아침의 인도 북부 지역은 제법 쌀쌀했다. '짜이'가 홍차와 우유의 따뜻한 만남이고 보면 아침을 맞기에 커피만큼이나 훌륭한 음료가 되어 주었다. 릭샤꾼도, 골목길 행인도, 여행객에게도…

짜이 한 잔 손에 들고 후루룩댔고 짜이 향내도 골목길에 퍼져 나갔다. 여행이 끝날 때까지 내 손에, 코끝에, 입 속에서 짜이 향이 나는 것은 어쩌면 당연한 것이었다. "짜이 한 잔 주세요!"

저 모습이 아침마다 맞이하는 내 모습이 되어 버렸다.

2012. 뉴델리, 인도

터번을 두른 사람

인도 시크 교도의 상징물 터번sikhs turban이다.
누구의 제자도 될 수 있다는 의미인 시크교의 가르침보다 내게는 신분을 상
징하는 의미로 다가온다. 신분이 높은 사람이 쓰는 터번은 훨씬 고급스러운
것이리라 쉽게 짐작이 간다. 노동자 계급의 휴식이지만 종교적인 문화는 이
들에게도 공평하게 머리에 두건을 두르고 살아간다.

주름진 얼굴에 난 하얀 수염, 고단함에도 빛나는 눈, 그 위로 정성으로 두른
붉은 터번이 이들의 신성한 존엄에 위엄을 더해주는 것 같다.
부디 건강하시길…

2012. 뉴델리, 인도

밉지 않은 물결

사람만큼이나 릭샤rrickshaw도 많다. 거리를 다 차지하고도 남는다.
사람들, 자동차, 장사꾼들은 엉켜서 술술 잘도 풀려간다.

보이는 것보다 훨씬 혼란한 것은 소음이었고, 스모그에 매연까지 더해져 찡
그리기 일쑤였다. 여행하는 내내 적응이 되지 않았다. 눈에 보이는 이미지에
집중해서 소리도, 매연도 잘라내고 길거리 모습을 담아야 했다.

릭샤 물결을 보고 있자니 귀는 멍멍해지고, 콧속은 쾌쾌하며, 미간 주름은
깊어지지만 사진을 보고 있으면 이런 혼돈이 그리 미운 것은 아니다. 다시 돌
아가보고 싶은 마음이 있기라도 한 것일까?

2012. 뉴델리, 인도

춤추는 소녀

여행자에게 다가오는 아이들의 호객행위는 낯선 풍경이 아니다.

어려서부터 돈벌이에 내몰린다는 사실에 마음이 불편해서일까? 쉽게 뿌리치지 못한다. 오히려 친해지기도 한다.

인도의 길거리에서 마주친 소녀다. 자신의 처지를 한탄은커녕 소녀의 모습은 밝고 맑으며 당당하기까지 하다. 길거리가 그녀에게는 이미 놀이터가 된 지 오래다. 성가시기라도 한 것처럼 피하기만 했다면 카메라를 들고 있는 내 앞에서 이리 멋진 포즈를 취했을까 싶다.

꿈 많은 한 소녀가 길 위의 사람들 사이를 누비고 다니면서 추는 춤이다.

2012. 뉴델리, 인도

빛을 머금은 포옹

계속되는 여행. 고단한 잠에서 깨어났다.

좁은 침대칸 열차에서 밤새 달려와 머리 위까지 올라온 배낭을 메고 소란한 푸쉬카르pushkar역 플랫폼을 부스스하게 빠져 나오고 있었다. 호탕한 웃음 소리와 함께 들려오는 반가운 소리 하나. "친구야!~" 얼마나 반가우면 저리도 기쁜 표정이 나올까? 격한 포옹이 지나간 뒤에도 서로의 안부가 끝이 없다. 두 사람 사이에 지나온 시간이야 알 수 없지만 내게도 저런 친구가 몇 명 있다. 어린 시절 형제처럼 자라면서 마음을 다한 친구. 지금은 멀리 떨어져 언제 보았나 하는 그런 친구가 있다. 돌아가면 저렇게 맞이하고 안아주어야 겠다. 오늘 하루는 좋은 일만 일어나겠구나 싶다.

2012. 뉴델리, 인도

푸쉬카르의 이발사

여행 첫날에 같은 말을 사용하는 한 사내를 만나 동행을 했다.

사내는 보기 드물게 구레나룻에 턱수염이 그럴 듯했다.

"수염 정리하자, 오늘."

"여행할 때는 수염 잘 안 깎는데."

"그래? 내가 돈 줄게, 사진 함 찍자."

"… 내일."

음! 할 수 없다. 저 사람이나 찍자 했다.

다음날도 그 다음날도 이 친구는 수염은 밀지 않았다.

이발사가 한껏 고개를 젖혀들고 근엄한 자세를 취하는 사진을 보고 있자니

그때 그 사내가 서성거린다.

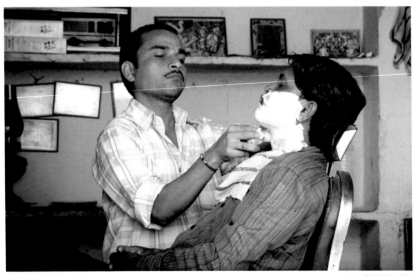

2012. 푸쉬카르, 인도

오누이

내게도 여동생이 있다.
지금은 기억도 가물거리지만 분명 집 앞에서 문이며 담장이며 기대고 앉아
흙 만지며 놀았던 것 같다.
지금 생각해 봐도 너무 예쁜 여동생이다.

그날 보았던 오누이 모습에 자꾸만 기억을 더듬게 된다.
마치 수첩 속에 넣어 놓은 낡은 천연색 사진처럼.

2012. 푸쉬카르, 인도

노동하는 여인

노동만큼 고귀한 인간의 행위도 없다.

그러나 남녀에게 더 어울리는 일은 있는 법이다. 우리에게는 몹시 불편한 풍경 중 하나는 여성이 막노동하는 현장을 심심찮게 볼 수 있다는 것이다. 그럴듯한 이유야 많겠지만 계급사회의 흔적 같아서 가슴이 더욱 쓰려왔다.

쉽게 떠나지 못하고 셔터를 누른 것은, 꽃처럼 피어나고 싶은 여인의 마음이 머리에 인 콘크리트 폐기물처럼 버려질지 모른다는 불길한 생각이 들어서다.

2012. 푸쉬카르, 인도

2012. 푸쉬카르, 인도

여행의 반이 흘러도 여전히 불편한 모습이다.

계급사회의 흔적이 만들어낸 강요된 직업, 대물림된 신분. 가슴은 더욱 아려 온다. 골목 모서리를 돌면서 마주친 여인이 폐기물 부스러기 더미를 실은 채 리어카를 끌고 있다. 모서리를 돌고 나서 발길을 멈추고 말았다. 마음이 다시 무거워져서다.

허울 좋은 우리라고 별반 다르겠는가.

2012. 바라나시, 인도

가붓한 욕망

기차역

아그라agra행 야간열차가 길다란 플랫폼에 천천히 기적을 울리며 들어왔다.

기차여행을 할 때면 차창가에 스며든 사람들의 모습에 자꾸 눈길이 간다. 차창은 인물 사진액자를 한꺼번에 여러 개 보는 즐거움을 선사했다. 아이의 크고 새까만 눈동자와 마주쳤는가 하면, 같은 옷을 입은 소녀도, 짐꾼도 지나갔다. 또 호기심어린 시선으로 뚫어져라 바라보기만 하는 풍경이 한꺼번에 다가왔다.

수행자 차림새를 한 당당한 이가 수레를 끌고 지나갈 때에는 아사다 지로의 '철도원'처럼 긴 여운을 남기며 스쳐갔다. 짧은 순간 이런 장면들이 연출되는 기차역. 카메라를 든 사람들이 좋아하지 않을 수 있을까?

2012. 아그라, 인도

　가붓한 욕망

아그라행 야간열차가 길다란 플랫폼에 천천히 기적을 울리며 들어왔다.

아직 출발하기 전이다. 가야 할 방향에서 빛이 새어든다.
마지막 셔터를 누르고 기차에 몸을 실었다.

모녀 둘이서

쑥이라도 캐는 걸까?
궁금증이 일어 다가서 본다.

모녀 둘이서 한 잎 두 잎 따다가 바구니에 정성스럽게 쌓아 올리는 모습이
보는 이로 하여금 미소 짓게 한다.

조잘조잘 더위도 마다하고 엄마와 같이 있는 것만으로도 저리 좋을까?

2012. 푸쉬카르, 인도

계급

이상한 호기심이 일어 가게 앞에 멈추어 섰다.

묘한 계층적 질서hierarchy같은 계급이 느껴져서다. 거리에 따라서, 노출 정도에 따라, 포즈에 따라, 나이에 따라 그 행태가 다르지 않은가?

카스트제도를 따랐던 인도사회. 오래된 삶의 흔적을 볼 수 있는 것은 어쩌면 당연한 것이리라. 아이—형—아버지—할아버지—할아버지의 아버지까지 천천히 얼굴을 들어 가게 속으로 깊숙이 들여다보았다.

시선이 뒤로 갈수록 세월이 묻어나는 질서가 존재한다. 꼭대기에 앉은 아버지의 아버지의 아버지는 얼굴조차 보이지 않는다. 완벽한 공간감이다.

2012. 아그라, 인도

다르게 보는 타지마할

사랑과 슬픔이 깃들어 있는 사자의 하얀 궁전.

황제 '샤 자한'의 여인 '뭄타즈 마할'의 무덤 '타지마할'은 더욱 더 애절하게 바라보기 위해 강 건너 멀리 물러나야 했다.

눈물로 흐르는 '야무르 강yamuna river'을 뒤로 한 풍경은 희뿌연 허공 때문인지 그 쓸쓸함이 천천히 안단테로 울고 있었다.

황제는 아그라에서 죽음을 맞이할 때까지 갈 수 없었던 타지마할을 저 테라스 난간에 얼마나 기대었을까?
살아서는 갈 수 없었던 저 곳이 강 건너 멀리에서 아련한 까닭으로 애절함이 더했다.

오늘은 마음 한 웅큼, 뿌연 하늘 허공처럼 마음을 차분히 가라앉히고 세상에서 제일 아름다운 하얀 무덤을 보았다.

2012. 아그라, 인도

곡물 난전

넓은 공터에 시장이 열렸다.

유독 곡식들과 향료를 파는 난전에 후각과 시각을 자극받았다.

카레 재료들이 코끝을 자극해서 고개를 돌렸는지, 형형색색에 끌린 것인지
모를 정도였다. 일일이 곡물 이름을 물어서 알기보다 담고 있는 비닐에 곧장
시선이 멈추었다. 주인장의 무심한 표정과는 달리 물건을 팔고 싶은 상술이
빨·주·노·초·파·남·보로 화려하기까지 했다.

적어도 여행자에게는 성공한 상술이다.

2012. 카주라호, 인도

거리의 이발사

길 위의 이발관이라니 '마음을 불러 세우는 은밀한 유혹' 같다는 생각이 든다.
한눈에 보기에도 완벽한 프레임이다.

이발사는 나무를 지붕 삼아 의자 하나 내어놓고 손님을 맞았다. 부드럽고 정
성스러운 손길과 깊고 그윽한 눈길이 진지하기 이를 데 없었다. 손님 역시 턱
을 들어 목까지 내어주고는 면도날의 날카로운 서늘함으로 더위를 식히고,
어지러운 마음까지 정리했을 것이 분명했다. 얼굴은 평화로워 보였다.

이보다 더 낭만적인 이발관은 본 적이 없다.

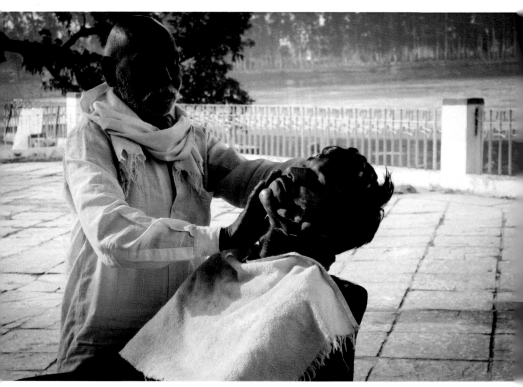

2012. 카주라호, 인도

사랑이 지나간 후에도

오래 전에 달리는 기차 안에서 사랑을 본 적이 있었다.

맞은편에 앉은 그녀를 제대로 알아보지 못한 채 종착역이 다가오고 있었다.
그러는 사이 천천히 눈길은 아래로 내려갔고 그녀의 손을 보고나서야 열병이
스쳐간 젊은 날의 소나기였음을 알았다.

나의 은밀한 기도와도 같은 바로 그 사랑.
단 한 번, 고개조차 들지 않고서 먼저 내려버린 그녀를 쫓아 소나기 속으로
내달렸다.
… 그것으로 끝이 났다.

사랑이 지나간 후에도,
꽃잎처럼 엷게 고개 숙인 미소나 다소곳하게 모은 하얀 두 손을 보는 순간.
운명과도 같았던 선명한 기억 속으로 한 치의 망설임도 없이 그때로 돌아가
곤 한다.

멀리 카주라호Khajuraho행 기차 안 침대칸. 밤새 달려온 아침에 눈을 비비는
와중에도 꿈결인 듯 은은한 자태의 그 눈, 그 미소, 그 손을 닮은 여인을 다
시 본다.

쌀쌀한 새벽공기에 퍼져오는 빛의 애무로 그녀는 흠뻑 젖어 들었다.
잠시 현실을 망각한 채 그때 그 사랑을 지금 보고 있다.

2012. 카주라호 가는 길, 인도

기도

갠지스강
강가ganga에서 드리는 기도는
그들에게 특별한 의미를 가진다는 것쯤은 알고 있다.

이곳에서 세례를 받고, 이곳에 뿌려져 영혼이 속죄 받고, 고통도 끝난다는
믿음을 알고 나면, 인도인의 종교적 삶의 단편을 조금은 이해할 수도 있다.

2012. 바라나시, 인도

무엇을 바라는 기도일까?
누구에게 드리는 기도일까?
영혼은 맑아지고, 해탈은 이루었을까?
의문은 남지만 기도하는 모습 그 자체로 성스럽고 숭고한 모습이 아름답기까
지 하다.
저녁에 도착한 바라나시에서의 첫 대면치고는 충분히 신비스러운 모습이다.
무의식 속으로 빠져든 고귀한 인간의 모습을 잠시 보았던 것이다.

빨래하는 지휘자

바라나시Varanasi에 머무르는 동안 눈을 뜨면 강가 가트ghat에 나가서 서성거렸다.

이날은 빨래하는 청년들 앞에서 조용히 관찰하기만 했다. 빛을 받은 목덜미며 건강한 어깨가 꿈틀거렸고, 규칙적인 리듬에 맞춰 빨래는 춤을 추고 있었다. 휘이익 철썩… 원심력과 널찍한 돌판이 만들어내는 앙상블이었다. 청년은 노련한 지휘자 같다는 생각도 들었다. 빨래를 흠뻑 적신 물기는 묻어 온 곳에서 세상구경 한 번 하고 도망치듯 강물로 돌아가기를 반복했다. 나도 애초부터 없었던 듯이 조용히 자리에서 일어났다.

2012. 바라나시, 인도

노란빛 사치

바라나시에는 탄생과 죽음 그리고 믿음, 용서 같은 모든 성스러운 것들이 흘러간다.
톨스토이의 "죽음을 기억하라"는 것은 오늘을 헛되게 낭비하지 않게 하는 이유가
된다. 이 아이들에게는 그러한 거창한 논리를 빌려올 필요는 없다. 현실은 너무 냉
혹하고 무관심한 것 같다. 꿈을 꾸어야 할 시간에 말이다.
일부는 갠지스강으로 돌아가 죽은 자의 믿음을 이루지만 다른 한편에서 샅샅이 검
색을 당한다.

"살아생전 몸에 붙인 노란빛 사치는 남겨주세요!"
검은 재 사이를 가르는 긴 괭이질이 현실이고, 일상이 되어버린 아이들…
살아가는 방식이 다르다는 것을 인정하더라도 아이들에게까지. 이건 아니다 싶다.

2012. 바라나시, 인도

볕이 좋은 날에는

하늘은 맑고 빛은 따사로운 날이다.
강가 가트는 순간 빨래를 말리는 곳으로 변한다.

흙이며 먼지가 묻어도 신경 쓰지 않는다.
말린 다음 털어버리면 그뿐.

빨래한 사람의 마음이 지나는 행인마냥 무심하다.
상관할 바가 없는 일이다.

빛이 좋은 날에는 빨래 말리기도 좋은 날이다.

2012. 바라나시, 인도

장대에 바구니를 매단 까닭은?

가트 위에 세운 장대들 끝에 꽃바구니 같은 것이 매달려 있다. 결론부터 말하면 이 물건의 용도도 이름도 모른다.

긴 대나무 장대 끝에 바구니를 매달기 위해 고리를 달고, 바구니에 줄을 매달아 걸고 깃발처럼 세워 놓았다. 자세히 보면 줄을 당기고 내릴 수 있어서 바구니를 내리고 다시 올릴 수도 있는 것이었다. 조잡하지 않은 형태와 이런 세부적인 상세가 깃들어 있는 물건들은 대체로 오랜 시간과 특별한 의미가 깃든 것이 대부분이다.

추측을 해보자면 이렇다. 주변과의 관련성, 특유의 모양, 종교 등을 살펴보는 것이다. 먼저 가까이에 화장터가 있다. 바구니 모양이 꽃바구니 같기도 하지만 불교의 사리함을 닮았다. 또 하나는, 인도의 어떤 효자에 관한 기사 내용이다. 생전의 소원이 성지순례여서 어머니의 소원을 이루기 위해 유골을 바구니에 담고 장대에 매달아 어깨에 메고 걷는다는 아들 이야기다.

유골 일부를 바구니에 담고 갠지스강의 성스러운 믿음을 향해 높은 곳에서 바라보게 한 것은 아닐까? 효자의 마음 같은 종교적 행위는 아닐까? 인간이 만든 방울꽃 같다는 생각도 든다.

이런저런 상상의 꼬리가 이어지는 동안 시간이 가는 줄도 몰랐다.

2012. 바라나시, 인도

골목길 풍경

오늘도 미로 같은 골목길을 걷다가 작은 시장을 만났다.

여행객에게는 실제 이야기보다 픽션의 실마리가 되기도 하는 길이다.

좁은 골목길에 시장이 숨겨져 있을 줄이야! 팔을 벌리면 닿을 것 같은 앞 건물
에 천을 엮어 걸면 그림자만 통과하는 투명한 천장이 생겼다.

어딜 가나 시장이야 비슷비슷하지만 야채를 사서 들고 가는 소녀의 표정이
왠지 뚱했다. 대개는 만족한 흥정으로 웃는 얼굴이 보통인데 이곳과는 어울
리지 않게 우울해 보였다.

하기 싫은 결혼이라도 하는 걸까? 두 손에 부케를 들고 서있는 어린 신부의 모
습이 떠올려지는 것은 우울해 보이는 소녀의 얼굴을 보고나서 생긴 상상이다.

상상이 지나치다 싶을 때쯤 다시 골목길 깊숙이 걸어갔다.

이번에는 인도 여인의 옷인 '사리sari'를 파는 골목이 나타났다.
색상도, 문양도 참 다양하다. 사리 한 폭이 담고 있는 의미는 오랜 전통과 드
넓은 자연과 힌두의 수많은 신과 신화, 그리고 부처의 가르침까지 무궁하다
고 한다.

화려한 '사리'로 꾸며진 길에서 오고가는 그들과 같이 걸어가고 있다.
삶의 한 모퉁이에서 빛나는 시간을 바라보면서…

야시장

가붓한 욕망

해는 제 갈길로 넘어갔고 끼니도 때울 겸 밤 구경을 나왔다.
강가 가트로 들어가는 미로 앞 큰 길이었다. 보도와 차도로
구분된 쾌적한 도로를 생각했다면 그것은 오산이다.

차선은 고사하고 귀가 아파오는 소음과 쾨쾨한 먼지, 자동
차, 오토바이, 자전거, 릭샤 그리고 사람들까지 엉킨 채로 흘
렀다. 순서는 있다지만 밤이 오면 노점들까지 합세해 한바탕
야시장 행렬이 끝도 없이 이어졌다.

세상은 강물처럼 너울대는데 내 시간은 홀로 멈춘 듯했다.
몸은 정지상태로 굳어갔고, 귀는 멍한 채로 맞은편 2층 복도
끝 의자에 몸을 앉히고서야 야시장 풍경이 눈에 들어왔다.
음! 역시 아직까지는 적응 불가다.

보는 것 못지않게 듣는 소리도 우리의 감각을 지배하는 것
같다. 이 사진을 보고 있으면 수백 마리의 벌들에게 둘러싸
여 시간여행을 하는 것 같은 착각에 빠지곤 한다.

2012. 바라나시. 인도

2012. 꼴까타, 인도

가붓한 욕망

오래된 인력거

맨발로 인력거를 끌고 있었다.

신발을 신으면 미끄러워서 빨리 달릴 수 없는 까닭으로, 한 푼이라도 더 벌기 위해 인력거꾼들은 맨발로 인력거를 끈다고 했다. 사랑하는 가족과 함께 모여 살 그 날을 위해 지열 70도의 뜨거운 아스팔트 위를 거침없이 달리는 인력거 꾼들이다. 거리에는 한국인 이성규 감독의 '오래된 인력거'란 다큐멘터리 영화 포스트가 거리 곳곳에 붙어 있었다.

이방인의 카메라 앞에서 웃어주는 것이 "가끔은 행복하고 가끔은 슬픈 것, 그게 바로 인생이잖아요." 영화 속 인력거꾼의 대사를 그대로 말하는 것 같 았다. 영화는 모두가 신의 뜻이라 웃을 수도 참을 수도 있다는 말도 빠뜨리 지 않았다. 오늘은 인력거를 타고 돌아다녀야겠다.

기차를 기다리며...

인도여행에서 기차는 빼놓을 수 없는 이동수단이다.
제 시간에 도착하지 않는 것은 이제는 익숙해져 있었다.
카메라를 플랫폼 기둥에 붙여두고 짧은 장 노출 사진놀이를 즐기면서 몇 초씩 오려 두기를 반복했다. 바삐 움직이는 사람들은 시간 속으로 흘러들어가 훌륭한 배경이 되어 주었다. 그런가 하면 바닥에 뿌리를 내리고 정물처럼 멈춘 시간도 있었다. 이 놀이도 지루해질 때쯤이 되어서야 기차가 도착했다.

이 글을 쓰고 있는 지금, 그때의 모든 것들이 마음속 정물로 새겨져 있다.

2012. 뉴델리, 인도

2012. 뉴델리, 인도

기차가 도착하고 나면 사람들이 쏟아져 나온다.

기차를 타려는 사람도 바빠진다.

아름다운 버스정류장

홍차의 마을 '다르질링Darjeeling'에 가까이 왔다.

히말라야 설산이 어느새 눈앞이다.
이 곳이 '히말라야의 여왕'이라 부르는 이유는 식민지 시절, 영국인들의 휴양지이면서 그들의 홍차 재배지라 하여 여왕의 칭호를 얻었다는 이야기가 있다.

하얀 설산을 뒤로 하고 바람도 서늘해서 더위도 사라졌고, 덩달아 보이는 모든 것이 파란색으로 시원했다.

불교의 상징 깃발인 오색 깃발을 매단 장대에 한 가족이 모여 있다.
무엇을 기다리는 걸까? 생각도 잠시 금세 감이 왔다.

험준한 산맥을 오고가는 버스정류장이 분명했다.
햇빛이나 비를 피할 수 있는 버스 쉘터는 없지만, 멋진 버스정류장임에는 틀림없었다.

2012. 다르질링, 인도

2012. 다르질링, 인도

창문

평론가이면서 사진가인 '진동선'에 의하면 사진은 '창과 거울'이
라는 명료한 두 단어로 설명하기도 한다. 세상과 자신을 바라보
는 '틀'이란 의미로 이해한다.

내가 바라보아야 할 '창'은…
어떤 모양일까?
어떤 색을 하고 있을까?
생명 같은 볕과 자유 같은 바람은 잘 들까?
봄이면 꽃향기를 맡을 수 있을까?
비와 물든 나뭇잎, 하얀 눈과 함께 할 수 있을까?

카메라 옵스큐라에서 뷰파인더로 진화한 네모난 작은 창으로
세상구경을 떠나기로 했다. 원하기만 하면 언제나 눈을 맞추며
맑고 투명하게 내 '가붓한 욕망'을 채워주는 창!

붉은 벽에 노란 페인트를 칠한 2층 작은 창문이다.
낡고 오래된 티는 나도 만듦새를 보면 튼튼해 보인다.
시간이 지날수록 나의 창도 저랬으면 한다.

양모를 쥔 손

딜라이라마와 함께 망명한 티벳 난민의 생활터전이다.
에베레스트를 넘어온 것일까?
떠나온 곳에서 가까운 네팔은 난민을 받지 않는다고 한다.
인도, 북부 다르질링에 정착한 이후로 시간은 또 얼마나 흘렀을까?

카펫을 짜기 위해 양모 실을 뽑는다.
저 바퀴로 감아올린 실의 길이는 얼마나 될까 싶다.
눈도 침침할 것 같은 나이든 여자의 눈은 양모를 쥔 두 손에 고정되어 있었다.
고향까지 수십 수백 번은 다녀올 만큼의 세월을 앉은 자세로 보냈음이 분명
했다.

창으로 스며든 빛을 후광 삼아 렌즈에 담는다.
숙연한 모습이 남았다.

한 곳에 집중하는 인간의 모습에는 깊은 아름다움이 베어있다.

2012. 다르질링, 인도

2012. 다르질링, 인도

간이 휴게소

내친 김에 홍차의 마을 다르질링을 지나,
네팔 카트만두, 룸비니, 포카라를 둘러보는 일정으로 국경을 넘었다.

젊어서 해왔던 일 때문에 가보고 이번엔 사진여행을 위해
다시 찾은 것이다.

나중에 확인한 사실이지만 20년 전이나 별반 달라진 것 같지가 않았다.
그래서 더 반가웠는지도 모른다.

우리를 태운 버스는
험준한 산을 넘어가다가 쉬어가는 여유를 부렸다.

휴게소 마당에는
간식 있어요 하는 '몸짓'이 걷고 있었다.

마니차에 실은 마음

오랜 세월 '마니차摩尼車'를 돌렸을 것이다.
손가락 마디마디마다 불경이 새겨져 있다. 그 뜻이 온몸으로 체화되어 경전이 되었으리라! 종교인이 아닌 나로서는 노모의 세월만큼 마니차에 실은 마음을 다 이해할 수는 없지만, 한 인간이 가진 깊은 믿음과 함께한 삶은 분명 존중의 대상임에 틀림없다.
12월 사원에 불경소리가 퍼지고 있다. 마니차에도 하얀 머리칼에도 주름진 손등에도 경전이 쏟아지고 있다.

2012. 카트만두, 네팔

부다나트 스투파

원형 돔 모양의 스투파stupa. 티벳불교 사원이다.
꼭대기에는 황금빛 부처의 얼굴이 자비의 상징처럼 올라있다. 하얀 돔 위에
는 비둘기떼가 떠나간 자리마다 세속의 욕심이 얼룩으로 덕지덕지하다.
그 위에 흰색 물감이 포말로 뿌려지는 풍경은 설법의 말들이 안개처럼 피어
오르는 것 같아서 마음까지 하얗게 정화되는 것 같다. 청소든 채색이든 상관
없다. 맡은 일을 다 하는 것이 부처의 뜻이리라. 일하는 남자의 힘에 찬 모습
역시 불경이 새겨진 마니차를 돌리는 것과 다르지 않은 것이다.

2012. 카트만두, 네팔

진짜와 가짜

네팔에서도 인도와 마찬가지로 힌두교의 수행자 사두sadhu들을 만나는 것은
그리 어렵지 않다.
진정한 사두보다는 초상료를 받고 살아가는 가짜가 많은 것도 사실이다.
여행자들에게는 국보급 사원에서 수행자의 방에 한 자리 차지한 이를 보기
라도 하면 기록해 두고 싶은 욕구를 충족해 주기에 충분하다. 화려한 치장
은 금세 눈에 들어왔다.
눈빛도 포즈도 초상료가 아깝지 않을 만큼 근엄한 표정을 지어 보였다.

2012. 카트만두, 네팔

전자는 프로였다.

관광객들은 '박시시baksheesh'라는 공물쯤으로 알고 금전을 치르고는 추억이
될 사진과 기꺼이 교환한다. 그것으로 충분하지 않는가?

왠지 찜찜한 마음이 들기 시작한 바로 그때, 뒤에서 나타난 젊은 수도자의
친절한 포즈. 온화한 미소 한 번으로 진짜와 가짜가 갈라져 버렸다.

도라지꽃을 닮은 소녀

고지대 산골마을을 지나다가 자태가 단아한 소녀에게
눈길을 빼앗기고 말았다.

그 모습이 꽃으로 치자면 도라지꽃 같다. 요란하지도
화려하지도 않는 것이 꾸밈이 없으면서 청순해 보여서
일까? 보라색 윗도리를 입어서일까?

도라지꽃을 닮아서 되바라져 보이질 않고, 집안 일손
도 거들어주는 것이 어릴적 내 누이를 닮아서 한번 보
듬어 주고 싶은 그런 소녀였다.

소녀의 바구니 속에는 엄마의 목소리가 담겨져 있는
것 같다. "애야 어서 다녀와!"
한 마디 더 보탠다.
"밥 먹기 전에 빨리 와."

2012. 포카라, 네팔

히말라야 바라보기

가붓한 욕망

풍경을 보는 방법들은 여러 가지가 있다.

아름다운 전경과 마주할 때 지역적 특색이 묻어나는 것들을 느껴보자. 단순한 경치보다 주변 맥락을 생각하며 보는 것을 더욱 즐길 수 있기 때문이다. 지금 서 있는 그 장소를 조금이라도 더 깊이 이해하고 싶은 마음이 들어서이기도 하다.

설산 넘어 고향땅에 양모로 실을 뽑아 만들던 그리운 양탄자. 티벳 난민들의 눈물이 보인다. 히말라야를 마주하는 것만으로도 가슴을 뛰게 하는 일이지만, 카펫을 앞에 널어 두고서는 또 다른 생의 존재감이 밀려온다. 고독한 삶의 의지를 보는 것 같다.

그 곳은 편리한 교통수단이 있어도 쉽게 가볼 수 있는 땅이 아닌것이다. 그래서인지 히말라야 설산은 더욱 시린 풍경이 되어 버린다.

2012. 포카라, 네팔

발이 아프면 신발을 닦자

2012. 포카라, 네팔

걸어서 여기까지 왔다.

빛의 유혹, 거부할 수 없는 애무의 길이었다.

발 아래 먼지가 일었다.

소복했다. 더러 굵은 모래알도 무시하며 걸었다.

발바닥이 먼저 알아챘다. 발이 아프다고 투정부린다.

트레킹 가죽 샌달. 신발을 닦자!

아픈 발에서 신발을 벗고, 노천 구둣방에서 앉아 쉬어간다.

새 신발을 신은 발의 감촉은 풋크림을 바른 듯이 촉촉하다 못해 한결 가볍다.

보리수나무 아래

부처가 깨달음을 얻은 자리.

그 자리에 모여든 제자들… 그때와 지금은 무엇이 다르지?

보리수나무야 작았을 테지만, 이천오백년 전에 각인된 풍경을 보는 것 같은
착각이 들었다. 보리수나무 아래에서 부처의 설법인 듯 바람에 날리는 형형
색색 깃발을 떼어내고 나면, 순식간에 시간여행을 떠날 수 있었던 것이다.

그 옛날 시작된 우리들의 모습. 사진은 보리수나무 아래 상상 속의 풍경이
오늘에도 존재하고 있음을 증명해주는 것 같다.

2012. 룸비니, 네팔

기억 속 풍경

처음 와본 이후로 다시 찾아오기까지 20년이 훌쩍 지나버렸다.

한적하고 폭이 좁은 길가. 한낮에 아지랑이를 뚫고 바구니를 머리에 인 채로
걸어오던 두 아낙과 그때의 비포장도로가 어렴풋하게 떠올랐다. 지난날의 희
미한 기억 한 조각. 연인을 만나기라도 하는 것처럼 새벽부터 조바심을 냈다.
아지랑이 대신 안갯속에서 나타난 뿌연 물체 하나. 셔터를 감싼 검지가 연신
떨어댔다.

2012. 룸비니, 네팔

남루한 옷차림의 릭샤꾼과 급하게 눈을 맞추었고, 라이트가 꺼진 자동차, 행인 둘도 만났다. 아침이슬, 안개 그리고 먹이를 찾는 까마귀 한 무리처럼 흐릿하게 몽환의 과거로 돌아가 있었다.

안개가 걷힐 때까지 그렇게 몇 시간을 긴 호흡으로 서성거렸다.
꿈속 같은 흑백의 세상에서…

2012. 룸비니, 네팔

찾지 않으면 텅 비어버릴 것 같은 길.

기억을 더듬으며 풍경 속을 걸었다.
숲과 새소리, 전봇대와 나란히 봇짐 하나 메고
가는 길.

시간을 걸었다.
청춘의 젊은 나와 만나는 길.

여백을 걸었다.
다 보여주지 않는 안개 자욱한 길.

돌아올 길을 걸었다.
고독한 길에서 사랑하는 이가 떠오르는 혼자
가는 길.

해보다 먼저 걸었다.
몸보다 마음을 먼저 깨우는 길이 좋아서다.

2012. 다르질링. 인도

지구촌 어디에서나 스마트한 삶이 열렸다.

언제나 그렇듯이

오월이 오면
그 들판, 중산간 오름들이 그리워진다.

언제나 그러하듯이
그리움이 짙어지면 더 멀리 떠나버렸다.

작은 것들이 아름다운 것은

5월 제주에서 맞이한 아침은 조용하게 스며들고 있었다.

바다에서 시작된 바람도, 붉은 해도 아침 안개와 같이 실구름을 몰고 와서는 어느새 중산간 오름 턱밑이다. 제주 들판의 아침은 작은 것들에서부터 빛과 함께 드러나고, 바람으로 춤을 추는 것 같다.

애기부들 같은 들풀들. 꽃대가 뒤엉키도록 몸을 비벼대는 작은 생명들의 축제를 보고 있자니 한결 마음이 하늘하늘거린다.

화려하지도 사람들의 시선을 끌지도 못하지만 작은 것들이 뭉쳐서 어울리면 그들도 5월 만발한 붉은 장미가 부럽지 않을 듯하다. 해 뜨는 새벽을 기다려 밤새 준비한 작은 몸짓이 더욱 빛나는 것은 함께할 줄 알아서가 아닌가 한다.

생명 같은 빛과 구름과 바람과 이슬도 오늘 아침은 그들 편인 것 같다.

2014. 제주도

2014. 제주도

2014. 제주도

제주에는 검고 구멍이 많은 가벼운 돌멩이가 지천으로 널려있다.

어떤 이는 "제주사람들은 이 돌로 만든 집이 얼마나 아름다운지 모른다."고까지 말한다. 아마도 발아래 차이는 것이 모두 제주 현무암이고, 바다를 나가 봐도 지천이니 지겨운지도 모르겠다.

붉은 용암으로 터져 나와 몸체에서 떨어진 검은 돌멩이. 굴러다니다가 선택되고 나서도 여기선 찬밥 신세다. 그렇다고 해도 작지만 모아서 쌓아 놓으니 담장이며 벽면조차 넘어지지 않고 서로를 의지한 채 생겨먹은 곰보 모양 그대로 자연미가 넘친다.

어디 그뿐인가 겨울 삭풍도 여름 비바람도 막아주고, 집의 모양도 내어주고, 어디서든 모여서 옹기종기 기대어 서있는 모습을 보면 육지 사람들은 그저 부러울 수밖에 없다. 작은 돌멩이들이 모여서 만들어내는 모양새는 거리를 두고 찬찬히 보아야 제 맛이다. 얼기설기 몸을 맞대고 어우러진 모습이 더없이 아름답다.

뜨거운 지하세계에서 나와 파란 하늘과 5월의 태양 그리고 머리 위에 떠 있는 구름, 가까이 들리는 파도소리와 갈매기의 노랫소리들… 돌멩이가 있었던 지하에서는 짐작이라도 했겠는가? 그 뜨겁고 어두운 세계에서 탈출한 까닭일지도 모른다.

돌 틈 사이 구멍으로 스치는 이 신선한 바람. 나의 마음도 사뿐히 날아오른다.

언제부터인가 제주가 그리워진다. 잊지 못하고 마음이 먼저 달려가 서성거린다.
에메랄드빛 바다가 고와서도 아니고, 유채꽃이 만발해서도 아니고, 백일홍과
동백꽃이 천일을 붉게 물들여서도 아니다.
어머니가 그리워서 먼 산을 바라보다가 한나절이고 반나절이나 노상 서성이
다가 잠이 들면, 어느새 나타나 포근한 품을 내어주던 기억이 제주 오름에서
떠올랐기 때문이다.

가붓한 욕망

이제는 아내를 닮아버린 오름이 편안해서 그 언저리 어디쯤에 얼굴을 안기
면, 누군가의 머리에서 피어난 작은 영혼 같은 것들이 활짝 미소를 짓는다.
그 웃음의 색이 노랗게 달려든다. 내 해묵은 그리움도 이제는 점점이 핀 들
꽃들로 물들어 빛나기까지 한다.

2014. 제주도

제주에서는 부르는 이름도 많이 다르다.

그 중에서도 보리콩은 완두콩의 제주 말이다. 이 꽃은 평소에 관심을 두어본 적이 없다. 아마 농부가 아니면 자세히 알지 못할 것이다.

큰 잎사귀에 비해 작은 꽃은 다소곳이 수줍게 생겼다. 이슬을 머금은 하얀 색 꽃잎은 고개를 떨구고 배시시 웃는 듯하다. 그 모습에서 금세 풋풋한 아낙네 모습이 보인다.

검은 듯 진초록들판에 해가 천천히 떠오른다. 콩밭에는 꽃들이 하나 둘 모습을 드러내는 것을 보고 있자니 수많은 별들이 모여있는 착각에 빠지게 된다. 혼자서 잘났다고 외치지 못할 바에는 뭉쳐서 우리도 꽃이라 말하는 것이 차라리 현명하다. 작은 소리도 모이면 커지는 법.

힘없는 것들은 혼자보다는 여럿일 때가 효과적인 경우가 많다. 살아갈 날들에 필요한 또 하나의 진리. 동 트는 새벽녘에 건져 올린 이 작은 꽃들의 지혜라도 배웠으면…

2014. 제주도

중산간 들판에는 '오름蓄生火山'들이 주인이다.

활화산으로 자리한 다음부터 그 존재만으로 여행객들에게는 온통 시선을 끈다. 지평선에서 솟은 것들은 모두 오름이다. 나무나, 꽃이나, 곡식들은 다음 차례를 기다려 눈길을 받고나서야 바람과 비와 빛으로 춤을 추기 시작한다.

오월 보리밭에 가을이 먼저 온 것 같다.

남들은 신록의 계절로 성큼 달려가고 초록은 더 진해지지만, 보리밭에는 갈색으로 머리부터 물들이고 쓰러지듯 바람에 줄기채 맡기게 되니 말이다. 황금빛 들판은 노을이 있어 위안을 삼지만 오월 보리는 바람만이 이들을 춤추게 하는 노래가 될 뿐이다.

유월이 되면 알게 될 화려한 지난날의 꿈. 그래서 지금이 더욱 아름다운 날들이 된다.

한치를 넣어놓고

제주는 표정도 다양하다.
바다에 시선을 빼앗기고 올레길을 걷다보면 정겨운 모습을 한 풍경이 나온다.
길거리 가게지만 바다와 함께한 삶의 향기가 진하게 풍긴다.

손님 없는 한가로움에도 집집마다의 사연이 오고가고, 널어 놓았던 한치도
바닷바람에 꼬들꼬들 물기를 덜어낸다,
둘이라서 참 다행이다. 윗줄은 형님네, 아랫줄은 아우네 하듯이 정이 깊어간다.

걸어온 길이 제법이고 보니 두 다리가 무겁다. 오늘은 여기가 종점이다.

2013. 제주도

마른 나무 앞에서

2014. 제주도

길도 없는 풀섶에 마주하고 섰다.

물기 하나 없이 깡마른 나무를 일찍부터 찾아든 것은 보고만 있어도 얼기설기한 잡념들이 사라지고, 가난한 선비의 기개 같은 것도 닮아보고 싶었는지도 모르겠다.

덤불 사이에 줄기를 세웠지만 비바람 막아줄 언덕도 없이 키를 키우고 말았구나!

뒤에서 서로를 의식하지 않는 친구처럼 지근거리에서 동거했든 또 다른 너는 굵은 가지까지 잘라내고 자결이라도 한 것 같구나! 무슨 일이 있었던 걸까?

"타버린 것들만이 다시 맨몸으로 설 수 있다."는 한 줄 기억도 그다지 위안은 못된다.

비빌 언덕이라도 있는 곳에서 기억의 조각들을 꽃으로 내어 달 줄 아는 화목으로 다시 시작해도 좋으리라.

이는 바람에 왕관으로 들어 올린 잔가지가 흔들린다.

용눈이 오름에 올라

어떤 이는 "용눈이 오름 하나만 알아도 좋겠다."고 했다.

용이 누워있는 모습 같다는 유래는 뒤로 하고, 오름에 오를 때마다 동쪽을 지그시 바라보곤 했다. 안개를 몰고서 해오름이 시작되면 성산포 앞 바다까지 마음이 달리는 것이다. 언젠가 용을 품었던 한 여인의 고향 같아서 새삼스레 어머니가 그리워지기도 한다.

아랫배 어디나, 풍만한 가슴 사이나, 흐벅진 둔부 어디쯤. 그 하염 없는 곡선에 취해, 관능에 취해 바람을 맞고 있었다. 그 바람 갈피 갈피에 숨어서 여인의 눈물방울로 핀 손톱만한 노란 꽃들의 이야 기를 듣고 있었다.

용이 떠난 자리는 움푹 패어 하릴없는 바람이 쉬고 있다.

천지사방을 흐르는 바람.
어설피 하소연하려 했던 내 해묵은 쓸쓸한 고독은 방향을 잃은 채로 허공에 희롱당하고 바람에 날려서 그만 내려가 버렸다.

바람과 바다

바다를 보러 갔다.

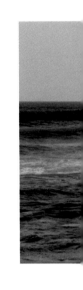

어부도, 배들도 보이지 않는 고요한 바다다. 하루 전에 무섭게 내린 비의 흔적은 찾을 수도 없었다. 흰 이빨로 웃고 있는 것을 보면 천연덕스럽기까지 했다. "물은 비에 젖지 않는다."는 말처럼 바다는 어디에도 물들지 않았다. 처음 본 바다 그대로였다.

바다는 멸치에서 고래에 이르기까지 모두 품을 수는 있지만 허리를 베어버릴 수도, 온종일 퍼낼 수도, 어느 조각가의 손을 빌려도 한 움큼 뭉칠 수도 없다. 그래서 처음 그 모습 그대로다.

처음 마음이, 시작이 그리우면 바다를 보러 가자!

조그만 구속도 허용하지 않고 길들여지지도 않는 바다.
뒤엉키고 철썩이고 언제나 바람과 함께 몸부림친다. 실오라기 하나 걸치지 않은 알몸으로 바람만이 자유로운 이웃이 되어준다.

바다가 시작되는 육지 끝에 서있는 어부의 집.
일상의 삶이 출렁인다. 날마다 자맥질로 살아가는 해녀의 바다.
바람보다 깊이 품어주는 바다. 나의 바다를 가슴에 품고 간다.

2014. 제주도

2014. 제주도

범섬

오래전부터 알았던 이가 아예 제주도로 이사를 가버렸다.

범섬이 바라보이는 언덕에 터를 잡고 하얀 집을 멋들어지게 세우고는 도시의 오랜 삶을 과거로 던져 버렸다. 커피 향으로 시작해서 꾸불꾸불 골목길과 해변을 돌고, 이웃 가게들과 만나고, 주민들과 인사를 나누었다. 남는 시간에는 조금 더 멀리 나섰다. 급할 것은 어디에도 없었다.

2014. 제주도

문득 가족들이 곁에 없는 것이 허전하다는 생각과 함께 범섬을 끼고 도는 일상이 천천히 흐른다.

범섬아, 너는 이웃하나 잘 두었구나 중얼거리며 부러워할 때쯤, 길은 검게 달혀버렸고 언덕 위 하얀 집을 아쉬워하며 빠져나왔다.

삼류화가

그림으로 먼저 만났다.

앙코르Angkor 유적군에서 으뜸인 앙코르와트Angkor Wat가 석양에 불타고 있었다. 실제 모습은 일출에 만날 예정이었다. 내일이면 마주하게 될 앙코르와트. 마음속까지 붉게 타버릴 것 같은 그림이지만 한눈에 봐도 이발관 그림 수준을 넘지 못하는 것이어서 그리 오래 머물지는 못했다.

삼류사진가를 흉내내는 입장인 까닭에 관광객을 상대하는 화가의 붓놀림이 캔버스 위에서 미끄러지는 것을 바라보고 있자니 내 마음이 어정쩡한 상태로 돌아섰던 것이다. 밀짚모자를 눌러쓴 화가는 얼굴 앞에서 불꽃이 일렁여도 한치의 흐트러짐이 없다. 집중하는 열정만큼은 일류다.

2014. 씨엠립, 캄보디아

크메르인의 영혼이 자란 나무들

앙코르는 습지이면서 동시에 정글에 세워진 도시라는 것이 실감난다.
왕과 신의 도시이기도 하다. 스펑나무들이 건축물을 덮고 있는 모습은 이미
흔한 사진이 되어버렸다. 그래서일까. 주변부터 카메라에 담아본다. 이미지의
홍수 탓도 있고, 맥락을 이해하려는 오랜 습성 탓도 있다.

육중한 건축물, 돌 틈 사이도 모자라 이제는 물속에까지 멸망한 크메르인의
영혼이 자라난 것일까? 나무 이름도, 나무가 하는 말은 몰라도 높이 솟은 줄
기를 따라 고개를 젖히면 '천국으로 오르는 푸른 길'이라고 말하는 것 같다.
우기에는 오지 말아야겠다. 물에 잠긴 발목 위로 그들의 아우성이 커질지도 모
르는 일 아닌가. 슬퍼 보여서 더 아름답다. "아름다움은 영원한 기쁨"이라는 존
키츠John Keats의 말에 깊이 공감하는 하루다.

2014. 씨엡립, 캄보디아

2014. 씨엠립, 캄보디

존재한다는 것만으로도

앙코르와트 사원에만 있는 것이 아니다.

발걸음을 옮기는 곳마다 존재의 증거들로 쌓여있다. '고도'를 자연에게 맡겼으나 오랜 가뭄과 전쟁으로 무너져 흔적으로 남은 것이다. 한때는 왕과 신의 도시로 호령한 찬란한 문명을 뒤로 하고…

앙코르와트를 처음 보았을 때를 돌이켜보면 그 놀라움은 상상 이상이었다.

"야만에서 문명으로, 어둠에서 빛으로의 전환"이라고 한 '앙리 무오'의 충격보다 더했으면 더했다. 압도된 기 눌림에서 서서히 벗어난 다음이 되어서야 눈에 들어온 파편들. 이끼 낀 초록빛 흔적들의 존재. 그제서야 시간이 던져주는 세심한 미학들에 감탄할 수 있었던 것이다.

.

.

.

일부가 고장난 그러나 아직은 작동하는 카메라 안으로 해체되어 버린 파편의 이끼들이 들어와 박혔다. 그들의 조각난 삶. 어쩌면 아름다운 영혼들이 이슬 같은 생명으로 스며들어서 마침내 이끼에, 이파리에, 돌틈에, 나뭇가지에 초록으로 피었는지도 모르는 일이었다.

지금부터 모든 파편들의 흔적들을 사랑할 이유가 생겼다.

존재하는 것만으로도…

나도 화가다

2014. 씨엠립, 캄보디아

크메르인의 후예일까?
돌멩이 하나면 충분하다.
한 번에 그려내려 간다.
부처의 지긋한 눈매, 미소는 온화하기 그지없다.

어린 화가는 생계의 일부가 달려있다.

이 정도 미소를 보고 나면 소녀화가의 품팔이가 밉지만은 않다.

내 모습 한 조각이 앉아 있었다.

2014. 씨엡립, 캄보디아

저마다 다른 방법으로

세상과 일대일로 마주하기란 쉽지만은 않다.
내게서 거리를 두고 떨어져 자신을 보고 난 후에
야 왜곡이
사라진다고 믿는 편이다.

바라본다.
느껴본다.
해부도 해보고, 다시 끼워 맞추기를 반복한다.
가까이에서, 멀리서…
만져도 보고, 냄새도 킁킁거린다.
하늘 한번 보고 눈을 감는다.

저마다 다른 방법으로 기록하고 담아간다.

2014. 씨엠립, 캄보디아

2014. 씨엠립, 캄보디아

가붓한 욕망

나무 한 그루

길을 나서다 보면 한 그루의 나무와 마주하는 경우가 종종 있다.
가는 길을 멈추고 잠시라도 친구가 되어주고 머물다 간다.

단단하지 못하고
말랑말랑한 물속에 발을 내리고 서 있는
한 그루 외로운 나무.

뱃길이 지나가는 등대마냥 우뚝 선
한 그루 고독한 나무.

생명에 대한 경외감 그리고
생의 의지가 물 속에서 하얀 영혼으로 서 있다.

맑은 햇살, 잔잔한 물결, 푸른 하늘, 뭉게구름…
한 그루의 당당한 나무.

물 청소

앙코르 사원군 주변으로 해자들이 많다.

물을 청소한다는 것. 수초들이 호수를 다 채우기 전에 물이 숨쉴 틈을 내어
주어야 하는 것이다.

물소처럼 생긴 나무 밑둥이 사람들에게 일을 시키고 있다.

물이 맑아진다.

수초를 걷어낸 자리에 하늘을 담아서다.

2014. 씨엡립, 캄보디아

연인들의 여행법

앙코르와트 유적을 반쯤 정신이 나간 채로 이리저리 둘러보고 있었다.
우~와!, 야!~ 하는 그저 놀라움의 짧은 탄성은 사치가 되어버렸다.
경내에 가득히 쌓이는 경외의 고요함.
다 둘러보기도 전에 기단 바위에 정좌. 휴우~ 긴 숨을 내쉬고 말았다.

2014. 캄보디아, 씨엠립

놀라움이 물러난 자리에는 논에 난 피처럼 '연인'들의 모습이 두드러져 보였다.
기대고 의지하면서 한 곳을 바라보는 모습이 앙코르와트 유적만큼 빛이 났다.
나도 저들과 같은 눈부신 시간이 있었으며, 아직도 어깨동무하고 긴 여행을
하고 있는 중이다. 부러움은 나중 일이 될 것 같다.

2014. 씨엡립, 캄보디아

불자와 붓다

불자가 있는 곳은 화려했다.
불자가 없는 곳은 단정했다.
두 곳 모두 발길을 묶어 두기에 충분했다.
인간적이거나 신화적이거나.

2014. 씨엡립, 캄보디아

두 개의 앙코르와트

이른 새벽부터 장사진이다.
해가 뜨기만을 기다린 사람들…
연못을 가운데 두고 사원이 둘이다.

하나는 사람들의 사원
다른 하나는 신의 사원

2014. 씨엡립, 캄보디아

두 곳을 번갈아 보기를 두어 시간 남짓. 하나가 사라졌다.
나만의 앙코르와트는 시간을 두고 보는 이의 눈 속에 남았다.

2014. 씨엠립, 캄보디아

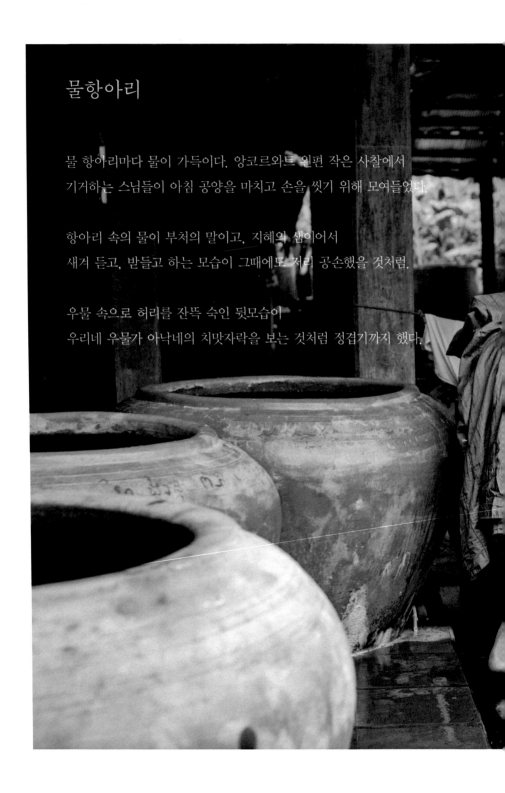

물항아리

물 항아리마다 물이 가득이다. 앙코르와트 왼편 작은 사찰에서
기거하는 스님들이 아침 공양을 마치고 손을 씻기 위해 모여들었다.

항아리 속의 물이 부처의 말이고, 지혜의 샘이어서
새겨 듣고, 받들고 하는 모습이 그때에도 저리 공손했을 것처럼.

우물 속으로 허리를 잔뜩 숙인 뒷모습이
우리네 우물가 아낙네의 치맛자락을 보는 것처럼 정겹기까지 했다.

무희의 발

'앙코르 톰Angkor Thom' 내에서 불교사원인 '바욘Bayon사원'에 가보자.
운이 좋다면 '앙코르의 미소'를 닮은 무희들의 '압사라 춤Apsara dance'을 볼
수 있다.

버선코처럼 콧대 높게 휘어진 손가락이 아니라 두 발에 카메라를 향했다.
치장은 또 어떠한가. 머리에 이고 있는 황금 고깔, 금붕어의 비늘 같기도 한
늘어진 겉옷, 화려함이나 정교함으로 치자면 발찌는 그 다음이다.

황금색 치맛자락 아래로 곧장 내려가서 황금 발찌를 두른 발. 어울리지 않
는 맨발에 눈길이 끌렸던 것이다.

실내에서만 추던 춤이었을까?
맨발의 감각이 이제는 잊혀진 기억이 되어버리지 않았는지 모르겠다.

오늘은 손보다 발이 더 아름다워서 귀해 보이는 날이다.

2014. 씨엠립, 캄보디아

붉은색 가벼운 존재

불교사원에서 수도승처럼 잘 어울리는 사람도 없다.

이미 오래전에 무너져 내린 돌기둥.

사원은 자연의 일부로 돌아가 유적이 되어버렸다.

그렇다고 해서 지난 과거를 모두 잊은 것도 아니어서 우뚝 선 기둥마다 곰팡
이로 새겨져 있다. 곰팡이가 가져가버린 시간 속으로 스님이 걸어간다.

사원은 기억할까? 주인으로 살았던 붉은색 가벼운 존재들을…

2014. 앙코르, 캄보디아

　가붓한 욕망

보기만 할 뿐 아무 생각이 나질 않는다. 면벽수련에는 그만이다.

구도자의 한 마디

"스님 한 말씀 들려주세요."

"음, 지금도 잘 하고 있으니 곧 좋은 일이 생기겠군."

"스님 좋은 일이라 하심은…"

"그 미소에 반하는 청년이 나타날 것이니 좋은 인연 만들어 보라는 말이지요."

"감사합니다. 스님."

그렇게 상상하고 모르는 말을 듣고 있어보니 꼭 그렇게 들려 오는 것도 같았다. 근심 하나 빠져나가는 소리가 들렸다.

2014. 씨엠립, 캄보디아

2014, 씨엠립, 캄보디아

초대

앙코르 사원을 몇 일째 드나들던 어느 날 '툭툭이 기사'가 자기 집에 가자고
했다.

단란한 2층 양옥집. 젊은 아내는 식사준비에 분주했다. 닭도 잡고, 신선한
야채도 씻어내고, 부엌과 우물가를 오가는 횟수가 늘어나고 있었다.

비록 마른 닭이지만 진동하는 냄새만큼은 씨암탉임에 틀림없었다. 마당 한
켠에 시원한 나무그늘이 있는 식탁으로 자리를 옮기기까지 내내 보여준 넉넉
한 마음을 뒤로 한 채 염치 없게도 코를 자극하는 부엌으로 시선이 자꾸만
옮아갔다. 저 겸손한 자태로 인해 한껏 세상이 아름답게 보이는 하루다.

하굣길 풍경

학교만큼 우리를 추억으로 불러들이는 장소가 또 있을까?
물 위의 학교를 다니는 사람들의 특별한 기억. 얼마나 소중하겠는가. 두 발
을 땅에 디디고 학교를 다녔던 나로서는 의심할 여지조차 없다. 배를 타고 집
으로 향하는 하굣길. 물위에서 배가 미끄러져 나간다.
그곳은 훌륭한 놀이터가 되기도 하고, 자국이 남지 않는 길이라서 정해진 길
로 오고 갈 필요 없는 천진스러운 길이기도 하다. 풍경이 그림이 되어버린 물
위의 하굣길이 내 유년의 강물처럼 유유히 흘러가고 있다.

2014. 씨엠립, 캄보디아

가붓한 욕망

풍경이 그림이 되어버린 물위의 하굣길이 내 유년의 강물처럼 유유히 흘러가고 있다.

등굣길 구경

동남아 주요 교통수단이 된 자전거와 오토
바이 행렬.

등굣길 자전거에도 주차증을 붙여주는 모
습은 수상학교의 하굣길만큼이나 신기했
다. 복장검사나 지각생 벌주기를 이들이 보
았으면 비슷한 느낌이 들었을까?

이런저런 이유로 해서 구경꾼은 지켜보는
일이 심심할 틈이 없었다.

얼마나 시간이 지났을까?
내친 김에 수업이 시작되기 전에 교실로 향
했다.

2014. 씨엠립, 캄보디아

교실 창가에 서서

복도를 지나 교실 문에 다다랐을 때였다.
낯선 이의 침범에도 아랑곳없이 떠들어대는가 하
면 우루루 몰려와 깔깔대기도 했다.

창문에는 유리가 없는 쇠창살이 전부였다. 굳이
교실 안에 들어가 실례를 범할 필요도 없었다. 창
살 너머로 쾌활한 웅성거림이 귓전을 반길 때쯤
반 아이들과 눈을 마주쳤다. 각자의 모습으로 반
겨주는 표정도 제각각. 잘생긴 놈, 건강한 놈, 착
한 놈 같았다

여러 조각의 네모난 창살에는 학창시절 그리운
친구들 얼굴들이 조각조각 가득히 들어왔다.

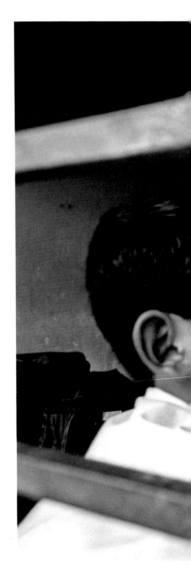

2014. 씨엡립, 캄보디아

길 위의 갤러리

2014. 씨엠립. 캄보디아

길에서 사진을 보았다.
관객은 나무들이었다.
사람이라고는 한 명뿐.
정확히는 나와 둘이다.

하얀 신발을 신은
나무들이 숨소리조차 내지 않은 채
가장 푸른 눈으로
보고 있었다.

오늘 아침은
대나무로 걸어 올린 사진들과
푸른 관객들로 충분했다.

도시의 여백

아직은 여백이 채워지기 전이어서 도시의 새벽을 좋아한다.
빛이 새어들기 시작하면서 도시도 깨어나고, 길과 건물에 사람들로 여백을
채운다.
내 작은 여백에 볕 한 줌 들고 바람 한 줄기 지나간다.
빽빽이 들어찬 도시풍경이, 떠나온 일상이…

청년 당원

푸른 제복이 젊다.

캄보디아국민당 청년당원들에게는 잘 어울려 보인다. 여행을 하면서 줄곧 느껴보지 못했던 정치색인 터라 아침부터 새삼스럽기는 하다.

"이 나라의 미래는 푸르다."라고 대놓고 외치는 듯한 소리로 들리는 것은 왜일까.

권력에 이용만 당하지 않는다면 '닥치고 정치'가 더 나은 세상으로 가는 빠른 길임을 알기에 해묵은 푸념이 가늘게 입 속에서 새어 나온다.

2014. 씨엡립, 캄보디아

씨엠립을 떠나며

나 같은 여행객에겐 머무르는 시간이 길수록 떠날 때마다
마음이 얼마간은 불편해진다.

사진을 찍다보면 마음을 더 쓰기 마련이니 그러려니 한다.

무거운 짐을 다시 메다 싣고는 저들처럼 지난 시간들에
눈을 맞추면서 조용히 이별했다.

달리는 길 위에서 또 다른 만남이 기다리는 곳을 생각하다가 잠이 들고 말
았다.

2014. 씨엡립, 캄보디아

가붓한 욕망

양치기를 만났다.
사방이 초원이고 보면 그저 반가울 뿐이다.

말 위에서 누리는 짧은 호사.
그리고 치열한 삶.

느리게 걷자 했다. 천천히 가기로 했다.
오래도록 멀리…

사진이 생겨난 자리마다 타자의 욕망들이 사라진다.

나의 가붓한 욕망이 투명하게 날아오른다.

어떤 기다림

울란바토르Ulaanbaatar를 벗어나자마자 초원이 펼쳐졌다.
산도 들판도 초원의 나라였다.

되돌아오는 8시쯤 길에는 아직 8월의 해가 길게 남아있었다.
곧 사라질 풍경처럼 길게 늘어진 기다림. 지나가는 차량과 눈을 맞춘다.
과실 파는 아저씨의 짧은 담배연기 속에 묻혀버린 기다림.

몇 개 안 남았는데…
이제나 올까 저제나 올까? 방해물이라고는 풀 이파리뿐인 지평선을 바라보
면서 기다리는 울란바토르 행 버스…
몽골여행에서 도시 주변이 아니면 볼 수 없었던 길가의 기다림은 초원으로
들어가는 관문 같았다.

2015. 울란바토르, 몽골

양치기

먹고 자는 것 빼고는 8할이 달리는 것뿐이었다.

초원의 푸른 지평선이 지겨울 만하면 양떼들이 나타나곤 했다. 지나가는 차들은 안중에도 없다는 듯이 제 갈 길이 먼저다 하고 기싸움 소리를 쳐댔다. 양치는 사람도 별반 다르지 않다. 오려면 오고, 가려면 가라! 유유자적하는 표정이 무뚝뚝하기 이를 데 없다.

그럼에도 사방이 초원이고 보면 그저 반가울 뿐이었다.

긴 막대기 허리춤에 차고 말 위에 앉아 짧은 호사를 누리는 양치기. 이것도 여름 한 철이고 보면 그 치열한 삶이 그저 낭만적인 전원풍경으로 다가왔던 것이 미안했다. 잠시 멈추어 서서 다 지나가길 기다리는 것은 당연한 배려였다.

2015. 울란바토르, 몽골

제국의 흔적

하르허린Kharkhorin 궁궐의 잔해로 만들어진 라마불교 '에르덴조사원Erdene Zuu Monastery.'

티베트불교를 받아들인 그들의 신앙심은 오늘도 여전하다. 마니차와 108개의 스투파 그리고 승려들이 남겨진 사원을 지키는 주인이다.

잃었던 제국의 찬란한 꿈이 새겨졌던 사원을 잠시라도 만나본다. 존재의 증거를 기억한다는 것이 사진을 하는 즐거운 이유가 되는 것이다. 이 말을 생각하면 현재의 수도를 만나는 것보다 흥분되는 기쁨이 아닌가 한다.

2015. 하르흐린, 몽골

2015. 하르흐린, 몽골

2015. 하르흐린, 몽골

길과 이정표

'오기누르Ogii nuur'를 만나러 가는 길. 호수가 눈에 들어온다고 해서 곧장 달릴 일이 아니다. 언덕 위에 올라 잠시 쉬어 갈 일이다.

읽지는 못하지만 앙증맞기까지 한 이정표 하나. 수직으로 서 있는 것만으로도 초원에서는 새삼스럽게 반가워진다.

가축의 머리뼈와 돌무더기 위에 나무기둥을 세우고 푸른 천 조각을 묶은 어버와 다르초도 바람을 맞는다. 우리네 성황당의 기원이면서 또 하나의 이정표다.

그 옆에서 호수를 내려다보고 있으면, 몽골을 떠올리는 모든 이미지를 다 삼키고 남은 것은 하얀 길 하나가 전부다. 하늘 아래 풀과 가축은 키우더라도 전신주 하나도 세우지 않고 나무 한 그루도 키우지 않다니…

초원의 풍경은 사람들에게 이정표와 먼저 간 이의 긴 자국만 허락했다.

2015. 오기누르, 몽골

빗나간 기대

벌써 며칠째 찌푸린 하늘은 흐림이거나 비를 뿌려댔다.

오늘밤에는 구름이 몰려갔으니 누구처럼 호숫가 잔디밭에 누워 쏟아지는 별을 보리라 마음 먹었다. 해는 왜 이리도 긴 건지 밤이 되어서도 쏟아지는 별을 보는 기대는 여지없이 날아갔다.

같이 길 떠난 동행자는 별과 은하수를 흔한 밤풍경쯤으로 여기며 이야기를 늘어놓고 있는 밤. 사다놓은 보드카를 비와 함께 들이키고 말았다.

2015. 오기누르, 몽골

여덟 살 이후로 셀 수 없이 많은 별들이 박혀있는 검은 하늘을 본 기억은 없다.
오늘은 비가 내려도 좋다.
별은 내일 만나러 가자.
별로 위안이 안 되는 생각이 깊어질수록 보드카가 나를 삼켜버렸다.

2015. 오기누르, 몽골

무지개

팔월의 몽골은 10시나 돼서야 해가 진다.
저녁 여덟시에 무지개라니…
게르 뒤에 걸렸다. 별 대신인가 했다.
비바람에 지는 것이 두려워 먼저 피어난다는 꽃처럼 해가 지기 전에 먼저 피
었다가 점점 흐릿하게 사라지는 무지개를 천진하게 오래도록 보았다.
행운의 꽃말이 혹시 무지개였으면 좋겠다.

2015. 오기누르, 몽골

길 위에 서서

위대한 사람은 새로운 길을 만들며 나아간다. 범상한 사람은 그 길 위를 달린다.

이도저도 아닌 나 같은 부류의 사람은 걸어온 길과 걸어갈 길 위에서 시간과 마주서 있는 사람이다.

한 치의 오차도 없는, 끝이 없어 보이는 똑바른 길도 그 길 위에 무엇이 채워지냐에 따라 길의 표정도 달라진다. 양떼가 다 지나가도록 기다린다. 지평선 고개 너머에는 무엇이 반겨줄까. 더디게 흐르던 길도 멍한 생각에 잠겨있는 동안 사라져 가고, 어느 순간 또 다른 길 위를 달린다.

2015. 오기누르, 몽골

울타리와 들꽃

온천지대여서인지는 모르겠지만 땅이 습하고 물렀다.
몽골 초원 어디를 가나 사람들과 가축들이 머무는 곳은 울
타리를 쳤다.

여기도 다르지 않았다.
온천을 가둔 울타리 안에는 들꽃들도 가두어 놓았다.
양떼를 키우지 않는 신성한 땅 안에서 가늘고 작은 생명
들이 삶을 보장받은 것인가?

피난 온 난민신세 같아도 힘 없고 작은 것들이 모여서 소
박한 아름다움을 자랑하고 있었다. 나무 울타리 널찍한
대문하고는 또 얼마나 잘 어울리던지…

2015. 오기누르, 몽골

온천 가는 길

2015. 오기누르, 몽골

가붓한 욕망

들판에 온천이라니.

땅은 물기 많은 열기로 울퉁불퉁, 물렁물렁하다.

60㎝폭으로 나무를 이어붙인 길. 유명영화제 레드카펫에 견주어 보아도 이보다 아름다울까? 발걸음이 한결 가볍다.

푸른 양탄자 위로 나지막한 이슬비 내리고, 어느새 두 뺨에 흐르는 따스한 김의 감촉. 그리고 쾌쾌한 유황의 향기.

뜨거운 온천물에 몸을 녹이고 싶은 마음이 발길을 재촉한다.

계곡을 찾아서

몽골 중북부를 흐르는 오르혼Orkhon 강. 이 강줄기에서 용
암이 훑고 지나간 자리에 계곡과 폭포가 생겼다고 한다.

용암이 식어서 굳은 바윗돌이 초원과 언덕에 박혀있다. 태
곳적 신비한 모습을 상상하게 되는 것은 얼핏 당연한 듯 보
이나, 도무지 첩첩산중 깊은 계곡이 있을 법한 곳은 눈에
들어오질 않는다.
가까이 가서 보고서야 알게 되었지만 용암이 흐르다 바닥
으로 꺼져버렸던 것이다.

오르혼 강 주변지역 전체가 유네스코 역사문화경관으로 지
정되었으니 눈부신 풍경이라는 것은 쉽게 짐작이 간다.

검은 염소 한 마리 무심히 쳐다보는 눈길. 머리칼을 스치는
신선한 바람을 뒤로 하고 계곡을 찾아 다시 나아간다.

2015. 오르혼 계곡 가는 길, 몽골

풀을 뜯는 양떼들

목동과 양떼들의 세상 참 평화로워 보인다.
전체주의나 독재국가의 사례로 인용되기도 하나 사람이 아닌 동물의 세상이다.

가붓한 욕망

2015. 오르혼 계곡 가는 길, 몽골

게르와 푸르공

2015. 오르혼 계곡, 몽골

게르Ger와 가장 잘 어울리는 몽골 자동차는 단연 푸르공Furgon
이다.
구소련제 자동차다. 낭만적인 생김새, 뛰어난 힘을 자랑하는 기
계식 4륜구동. 길도 없는 험난한 몽골대륙을 달리기엔 안성맞춤
이다. 그리고 몽골인 운전사에게 푸르공은 누구나 수리를 할 정
도로 친숙하고 실용적인 자동차다.

게르는 말할 필요조차 없다. 뼈대를 세우고 천막을 쳐서 난로를
설치하면 천막을 밧줄로 두르는 일만 남아서 바람과 추위와 이
동에 가장 적합한 초원의 집이다.

게르와 푸르공을 나란히 두고 보니 금실 좋은 부부처럼 닮아있
다. 게다가 몽골아이 한 명이 그림을 완성시켜 주고 나니 생기를
더한다.

야크 한 마리

2015. 오르혼 계곡, 몽골

야크 한 마리.

녀석의 눈과 마주치자 성큼성큼 걸어서 다가오는 것이었다. 덩치
와 무게로 압박해오는 것이 순간 머리가 복잡했다.

도망을 쳐야 되나?

가만히 서 있을까?

시선을 어디로 두어야 하지?

설마 사람을 공격할까?

머리는 돌아가는데 말뚝을 박았는지 발이 움직여지질 않았다.

끝없는 들판과 고개도 아홉 개쯤 넘고,

개울도 아홉 개쯤 건너고,

구름이 가는 길로 비와 함께 달려왔는데 사고치지 말자!

눈싸움 씨름 끝에 다가오기를 멈춘 사이 천천히 뒤로 물러났다.

돌이켜보니 애초에 공격 따위는 생각도 없었던 것 같다.

낯선 이를 경계했을 뿐, 괜시리 혼자서 머쓱한 생각이 들어 너의
당당한 풍모만 기억에 남기기로 했다.

붉은 계곡

순수자연을 있는 그대로 마주했을 때 숨이 턱까지
차올라 그저 그 순간에 머물러 시간을 보내게 된다.

붉은 용암이 만든 작품이다.
암벽에는 아직도 그 열기가 남았는지 붉은 빛이 선
연했다. 차가운 오르혼 강물을 다 마시고도 열기가
식지 않았던 것이다. 더 가까이 계곡 속으로 들어
갔다. 내려가는 길이 편하지는 않았지만 사색하기
에는 그만이었다.

혼자 걷다보면 그리움과 같이 걷는 경우가 많다. 커
져가는 물소리를 따라 걷는 내내 지나쳐온 부부의
뒷모습이 떠올랐다.

누군가가 그리운 모양이다.

2015. 오르혼 계곡, 몽골

상처

마그마magma가 분출해 약한 지표면을 훑고 지나갔다.

용암이 지나간 자리. 흔적을 남기고 굳어버린 암석 덩어리가 그때의 시간을 증명하는 틈을 만들어 냈다. 1,000도가 넘는 붉은 물줄기가 흘러들어와 약한 땅을 녹여서 쓸고 지나간 것임이 분명하다. 녹지 않고 남아 있는 덩어리들…

그 상처가 선명하다.

쓰리고 아픈 상처. 딱지가 수없이 떨어져 나간 다음에,
숨이라도 쉴 수 있을 때쯤 가슴을 열어 보인다면 갈기갈기 찢긴 틈이 지금처럼 생겨났을 것 같다.
시간이 얼마나 지나서야 그 틈 사이로 작은 새 생명 키울 수 있을까?

그래서 상처가 많으면 흉터도 많고, 삶은 더욱 소중해지는 것인가 보다.

오르혼 폭포

바위 아래로 발을 수없이 디디고 나서야 계곡
의 밑바닥에 도착했다.

물소리는 더욱 세차게 들려오고 시원한 그늘
속에서 바람도 불어왔다. 어떨 때는 소리가 더
시각적이어서 쏴~ 하는 소리는 모두 하얀 빛으
로 다가왔다.
주변의 모든 소리를 다 삼켜버릴 정도로 커진 뒤
에 폭포는 제 모습을 드러냈다. 몽골제국의 영광
을 일으킨 오르혼 강의 시작이 여기서부터란 생
각이 들 정도였다.

폭포 앞 바위 위에서 흩뿌린 물줄기를 멍청하
게 쳐다만 보다가 두 눈부터 흔들리고 말았다.
초점이 사라진 것이었다. 누군가 이 사진을 보
기라도 하면 제국도, 강도 여기서부터 시작됐다
고 우길 만했다.

돌아서서 폭포 위까지 다시 올라야겠다.

2015. 오르혼 계곡, 몽골

여유

어디를 가든지 부러운 사람이 있다.

마음에 드는 장소에서 가장 편한 자세로 한 나절 잠이라도 잘 수만 있다면…
사진여행을 하면서부터는 여유가 없다. 초보자의 결정적 순간이란 도대체 여
유를 허락하지 않는 것이다. 사진은 찰나의 순간보다 소통, 내용, 순수, 열정
같은 것이 더 중요해서 조바심 부릴 것은 아닌데도 초보티를 내고 만다. "형
식보단 역시 내용이지…" 중얼중얼이다.

그래도 사진가들은 항상 긴장상태에서 사물을 관찰하고, 교감을 시도해야
하는 사람들일지도 모른다는 생각은 차라리 아이러니다. 멋모르는 사람들의
부러움을 사기도 하지만, 시간과 형편에 쫓기는 상황이고 보면 여유는 순간
사치가 되어 버린다. 가까운 사람조차도 "좋으시겠어요? 여행도 하고 사진까
지 찍으니 말입니다." 듣고 있자니 뒤로는 쓴웃음이 나기도 한다.

여행객이 방해될까 봐 조용히 뒤로 물러나 계곡에서 쉬어가라는 물소리를
다시 응시했다. 내가 가진 여유는 이 정도가 전부였다.

2015. 오르혼 계곡, 몽골

노랑머리 오누이

숙소를 찾아 게르 캠프에 찾아 들었다.

초원주차장에서 만난 아이는 보기 드물게 노란색 머리를 하고 있었다. 생김
새나 머리카락을 보면 오누이가 틀림없다. 누나는 수줍어하는 모양이 머리끝
까지 올라있고, 동생은 개구졌다. 이 아이들 집에서 자야겠군 했다. 마음씨
착한 내 누이와 영락없는 내 모습에 기시감dejavu마저 들었다.

오늘 잠자리에는 누나 생각이나 해야겠다.

2015. 오르혼 계곡, 몽골

게르의 밤

오늘도 별을 보기는 글렀다.

가는 곳마다 비를 몰고 왔다. 비가 그치면 여지없이 구름이 몰려 들었다. 해는 한낮의 더위와 함께 사라지기 일쑤였다. 밤에는 언제 30도까지 올랐냐는 듯이 10도로 뚝 떨어진 기온 탓에 장작불을 지펴야 했다. 2시간 만에 꺼지는 난로 탓에 깊은 잠은 포기해야만 했다.

어린 시절 동네아이들을 모아놓고 옛날이야기를 들려주던 앞집 누나생각이 들었을 때 잠이 들고 말았다. 점점 추워진다. 젠장 불이 다시 꺼지고 말았다. 일행들은 웅크린 채로 이불을 말고서 잘도 버텼다. 다시 불을 피우고 밖으로 나왔다.

장작이 타는 소리 '타다다닥' 새벽잠을 깨우는 소리다. 검붉게 잘도 탄다.

2015. 오르혼 계곡, 몽골

초원의 오아시스

밀레의 '양떼에게 물 먹이는 양치기' 그림이 떠오른다.
양치기는 없지만 양들의 샘이 있다면 이런 모양이면 참 좋겠다 싶다.

싱싱한 풀과 물 마시기에 좋은 완만한 흙 사면. 휴가철 백사장 같다.
양의 발굽에 적합한 바위더미는 산과 바다를 겸비한 초원의 오아시스였다.

나무 그늘이라도 있었으면 더 이상 바랄게 없지만 말이다.

2015. 오르혼 계곡, 몽골

문명의 소리

언덕을 지나갈 때면 언제나 이정표처럼 돌무더기 '어버ovoo'가 세워져 있다.
타고 가던 차도 세워놓고 눈이 닿는 곳까지 사방을 둘러본다. 머리칼을 스치는 바람에 담배연기도 날려보고, 볼일도 미리 본다. 저 길로 달리면 또 어떤 곳이 기다릴까? 쉬는 동안 마음이 먼저 달려간다.
돌무더기에 가운데 우뚝 선 나무기둥이 오색이 선명한 '다르초 tharchog'를 휘감고 8월의 마지막 햇빛으로 즐기고 있다.
오토바이 한 대 그 옆을 지나간다. 휘날리는 말 갈퀴 대신이다.

초원에서는 시간이 그렇게 흘러간다. 먼지를 일으키며 달리는 말발굽 소리 대신 기름으로 달리는 배기소음이 간간이 울려퍼지곤 하는 것이다.

다행스러운 것은 문명의 소리로 채우기에는 몽골초원은 너무 넓어서 풀벌레 소리보다 못하다. 나의 이 짧은 여유나 더 즐기고 볼 일이다.

2015. 칭헤르 가는 길, 몽골

구름 좋은 날

오늘도 달린다. 구름 좋은 날에…

개울을 지날 때는 가장 얕아 보이는 물길을 찾아야
한다. 자갈 위에 물보라가 많이 이는 곳이 가장 얕
은 물길이어서 방향을 정한 뒤에는 거침없이 달려
야 한다. 흘러가는 물을 바라보면서 개울물이 흘러
오는 곳을 향해 달린다.

길도 없는 곳을 잘도 달린다.

제 아무리 몽골 운전기사라도 이런 날에는 길을 잃
을 수도 있다. 풀을 뜯는 양떼들 머리 위의 구름 한
점도   사라져 간다. 사방으로 흩어진 자동차 바퀴
자국은 왠지 불길한 예감마저 감추고 있는 것 같다.

하늘을 바라본다. 하얀 거품이 떠있는 '블루스카이'
를 만든 파란빛이다.

아!
내 하늘.
내 구름.

2015. 쳉헤르 가는 길, 몽골

2015. 쳉헤르 가는 길, 몽골

가붓한 길

내가 보았던 다리 중에 단연 최고다.

파란 하늘, 맑은 물, 연둣빛 초원이 있어서가 아니다. 가벼워 보여서다. 하늘색 가드레일 조차도 제 기능을 잃어버리고 사뿐히 하늘로 인도하는 것 같다.

흑과 백으로 나누어진 다리의 바닥은 어떠한가? 딱 반반이다. 이빨 빠진 듯한 상아빛 피아노 건반도 이 정도는 아니다. 내 얼굴이 저러하다면 하는 허망한 생각이 들기 전에 나무다리를 다 건너버렸다.

이 아름다운 다리를 건너는 방법은 반반씩 걸치며 가보는 것이다.
갈 때는 오른쪽, 올 때는 왼쪽 이렇게 해볼 겨를도 없고, 기약도 없으며, 다시 돌아오기에는 너무 멀리 떠나버리기 때문이다.
...

하얀 길, 검은 길이 머리를 맞대고 누운 '가붓한 길' 나무로 만든 가장 아름다운 다리에서 나의 길을 바라본다.

2015. 쳉헤르 가는 길, 몽골

소떼와 나무말뚝

말고삐를 묶어두는 나무말뚝이다.

얼핏 보면 축구경기 휴식시간처럼 보인다. 연장전 작전도 짜면서 모여 있는
선수들이라도 된 듯이 나른한 풍경이다.

안장을 올리고 제갈 물린 고삐를 달아야 사용이 가능한 말뚝이고 보니 고삐
풀린 망아지들이야말로 한결 평화로워 보인다.

말뚝 위 구름만 서성이는 오후에 한쪽 눈을 지그시 감는다.

2015. 쳉헤르 가는 길, 몽골

양떼의 더위 피하기

더위를 피할 곳은 어디에도 없다. 호흡도 가파르게 상승한다.
짐승이라고 별 수 있으랴! 양떼들이 모여든다.

서로 머리를 맞대고 묘수풀이 중이다. 역시 별수가 없다.
머리를 맞댄 이대로가 그나마 시원하다. 몇 시간이고 가만히 버티면 된다.
모여든 머리에 그림자가 늘어난다. 오래된 지혜다.

2015. 쳉헤르 가는 길. 몽골

게르와 마유주

몽골 여행의 기본은 달리고 또 달리는 것이라는 것은 가보고 나서야 알게 된다. 어떤 이의 "윈도우 XP 바탕화면을 헤매다 나온 느낌"이라는 말도 영 틀린 것은 아닌 것 같다.

그림자도 숨는 초원. 달리다 지치면 쉬기도 하지만 사람 구경이 그립다. 이럴 때 만나게 되는 유목민 게르는 가뭄날 단비마냥 반가운 존재다. 몽골 문양이 있는 아담한 문을 열고 연신 인사를 나누면서 안으로 발을 들인다.

손님 역할을 충실히 하면서 그들의 속살을 볼 수 있는 기회다. 게다가 사람을 만나기도 힘든 현실이고 보면 손님을 극진히 대접하는 문화가 생겼을 이유로는 당연한 것이다. 일행은 가야 될 길도 물어보고, 이런저런 이야기도 나누고, 마유馬乳, 마유주, 증류주, 말린 마유과자aruul등 내어줄 수 있는 음식은 모두 대접받는다.

천장 한가운데 빛이 들어오는 유일한 통로로 친절의 한 모습이 고스란히 담겼다. 역시 아름다운 모습이다. 내어준 인심이 고마워서 자꾸만 고개를 돌려 보는 것이 길 떠나는 나그네의 마음이 아닌가 한다.

8월. 여름의 막바지 한낮이었을 테지만 35도의 따가운 더위는 기억에 없다. 여행이 길어질수록 마유주는 내게 친절과 동의어가 되어간다.

욕망의 두 바퀴

최근 어느 신문에 의하면 '오토바이'를 몽골 초원을 질주하는 '욕망의 자본'으로 표현하고 있었다.

TV며 각종 세제, 술병들, 온갖 플라스틱 제품들을 마을에서 초원으로 실어 나르고 있으니 영 틀린 비유는 아닌 것 같다. 그러나 이런 그럴 듯한 명분도 생각해보면 빈틈 투성이다.

혹독한 환경에서 살아가는 유목생활에서 생필품 구입, 양떼 몰이, 마을 방문 등등 유익한 편리를 생각하면, 이들 '신유목 민들'에게 환경론자들의 염려는 이기적인 생각마저 든다. 그들의 척박한 삶을 앞에 두고 환경보전에 관한 깊은 고민이 먼저다. 유목생활에 도움을 주는 티끌만한 편리함마저 거대 담론의 잣대로 판단하는 오류를 범하지 않았으면 한다.

초원을 질주하는 이 가벼운 욕망의 두 바퀴. 그들에게 가야 할 길을 물었다.

2015. 쳉헤르 가는 길, 몽골

낮과 밤

낮에는,
바람이 몰고 온 구름이 전부다. 땅에는 초원이면 그뿐, 나무들도 비켜선다.

9월이 오면,
추위가 몰려와 게르나 빨래도 물러나 버린다.

밤에는,
바람이 몰고 온 구름을 물린다. 달이나 별들이 찾아들어 그 자리를 메운다.
풀잎마다 구름이 내려앉아 이슬로 매달리는지도 모르겠다.

어제도 오늘도 밤낮 가리지 않고 풍경만 무심히 바라만 보고 있다.
아득한 풍경 속으로 도회지 생각들도 하나 둘 털어내면 바람처럼, 구름처럼,
별들처럼 가벼워질까 해서다.

이슬꽃

아침이슬. 별것도 아닌 것 같았던, 가을 아침이면 발아래 귀찮게 채이는 것.
신발과 양말마저 적시기 싫어서 피하기조차 했던 아침이슬.

이불 속에서 기지개를 켜고 밖으로 나왔다. 어제 없었던 들꽃들이 만발한 것
이 아닌가? 순간 눈을 비벼댔다.
어디를 보아도 꽃잎이나 꽃받침, 꽃술 같은 것은 없었다. 그저 먼동이 트기
전 인상파 화가의 색처럼 가장 아름답게 푸른색 위에서 황금빛으로 피었다.

2015. 쳉헤르 가는 길, 몽골

이슬꽃은 현기증 나게 만발하는 모든 풀들의 꽃이다.
해가 뜨면 곧 사라져버릴 투명한 이슬꽃들.

이 투명한 존재들과의 작별이 아쉽기만 하지 않은 것은,
당분간은 내일도 그 다음날도 꽃을 피운다는 것을 알기 때문이다.

2015. 쳉헤르 가는 길, 몽골

틈

하루의 시작을 알리는 틈이 발생했다.
진동선은 "삶은 시간 사이의 균열이다."라고 했다.

어둠의 시간에서 빛의 시간으로 옮겨가는 균열이 발생한 것이리라.
저 틈이 벌어지면 새로운 시간이, 삶의 파편들이 아우성치며 쏟아져 들어올
것만 같다.

빛나는 삶의 시간 속으로 걸어 들어갈 시간이다.
다시 어둠의 시간이 오기 전까지는.

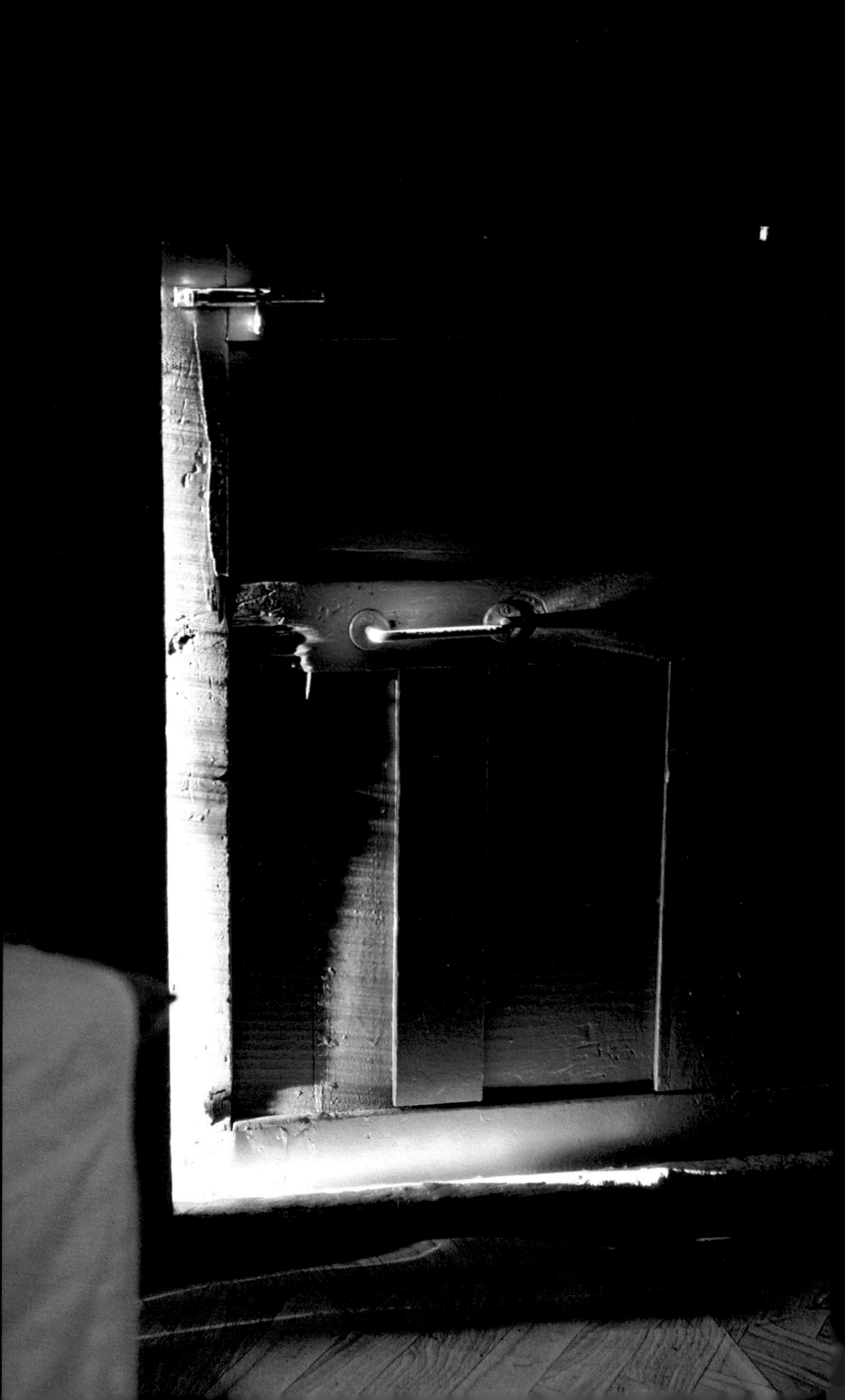

2015. 칭헤르 가는 길, 몽골

초원을 달린다는 것은

2015. 호르고, 몽골

하루 종일 지겹도록 초록 속을 헤매는 것이다.

2015. 호르고, 몽골

운이 좋으면 가끔은 침엽수림의 짙은 초록도 볼 수 있다.

가붓한 욕망

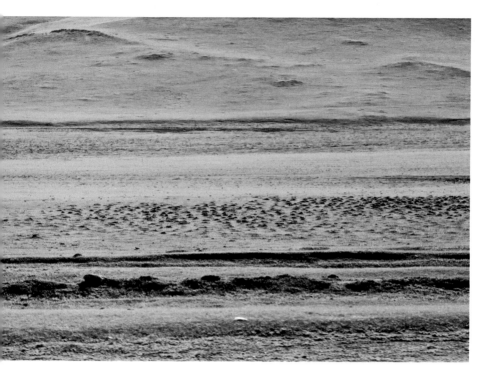

가붓한 욕망

이른 아침의 산책

동이 트는 새벽녘에 숙소를 빠져나와 마을로 스며들었다.

사진 산책은 역시 아침이 제격이다. 여명으로 밝아오는 세상의 모습이 반갑기 그지없고 무언지 모를 기대로 가슴이 부풀어 오르기 일쑤다.

꿈과 희망 같은 것은 피어오른다는 이미지와 잘 어울리지만, 석양을 바라보고 걷는 것은 왠지 노년의 뒷모습 같아서 긴 그림자가 두 눈에 가득차면 고개를 돌려 피하게 되기 때문이다.
아침은 화사한 빛을 보고 걷는 기분이고, 저녁은 무거운 그림자를 밟고 걷는 기분이기 때문일까? 아직이다.
긴 그림자와 친해지기까지는…

이른 아침 흙 속으로 뿌리내린 담장보다 자동차 바퀴에 이는 먼지가 더 좋다. 따스한 햇볕 속에서 가볍게 날아오르는 '자유'이거나 한 줌 덜어낸 '욕망'은 아닐까 한다.

2015. 체체클렉, 몽골

몽골인

소들을 몰고 신선한 풀을 먹이러 가고 있는 마을 사람을
만났다.
가벼운 웃음과 함께 목례를 나누고 촬영 허락까지 받았다.

전통 복장까지 차려입은 나이 지긋한 소 치는 어른이 다가
와서는 차를 대접하겠다고 했다.

오늘 산책은 환한 얼굴로 다가온 친절과 중절모에 뒷짐 진
품위로 하루가 즐거울 것 같다.

2015. 체체클렉, 몽골

먼저 부엌으로 안내하고는 따뜻한 '마유주'부터 받아들게 했다.

쌀쌀했던 아침 공기를 녹여주기에 충분했다. 딱딱한 마유 치즈 과자도 한 입 깨물고 난 뒤에는 다시 안방으로 들어갔다. 응접공간이며 침실이며 하는 것들은 게르의 그것과 별반 다르지 않아서인지 편안했다.

이번엔 '마유 증류주'를 권해왔다. 우리네 안동소주와 비슷해서 제법 독하지만 목젖을 부드럽게 타고 넘었다. 두 손으로 받아 들고 두어 잔 들이키고는 천천히 주인장의 얼굴을 거쳐서 아래로 눈길을 옮기기 시작했다. 자부심, 강건함, 친절함이 배어 있다는 느낌은 어디에서 오는 걸까?

> 건강한 구릿빛 얼굴,
> 친절한 미소,
> 미소가 만들어낸 윤기 나는 주름,
> 기품 있는 중절모,
> 전통 복장인 '델dell'로 감싼 여유 있는 풍채,
> 두터운 손등…

햇볕이 드는 창가에 마주앉았다. 볕이 들이치는 순간 명암은 짙어지고 옷주름 하나하나에도 디테일이 살아났다.

순간 정적을 깨는 둔탁한 셔터음 소리. 주인장은 여전히 미소를 잃지 않았다.

내가 찍은 소중한 초상사진이 되었다.

집 있어요

나무 울타리, 양철 대문 안에는 집 한 채와 게르가 전부다. 집은 추위를 피할 수 있는 '겨울집'으로 쓰면 되고, 게르는 따뜻한 계절에 초원으로 가져가면 그뿐. 초록색이 짙은 양철 대문에 페인팅되어 있는 글귀. "집 있어요, 집 팔아요"라는 의미라고 한다.

도시와 초원의 생활을 모두 할 수 있으니 여행자의 눈에는 만족할 만한 삶의 방식일 것이라는 생각이 든다. 잠시라도 이곳에서 한 번 살아보면 어떨까?

돌아와서 지인으로부터 엉뚱한 이야기를 들었다. 몽골 울란바토르 주변에 '여름집'을 짓기로 했다는 것이다. 부러운 일이다. 그 집에서 머물러 보는 것도 좋으리라.

2015. 체체클렉, 몽골

아침풍경

아이를 안은 젊은 엄마.
개울가 옆 풀섶에 앉아 따사로운 아침 햇볕을 즐기는 모습이 평화롭다.
동네 어른은 기꺼이 소를 치는 어른이 되기로 한 모양이다.
개울은 졸졸거리며 아침 햇살과 어울려 소리치며 춤을 추고 흘러가고 있다.
참 소박하고 풍요로운 아침풍경임에 틀림없다.

2015. 체체클렉, 몽골

마을 언덕에 올라

내가 살았던 마을에도 언덕이 하나 있다.

오르는 길이 동쪽 향이라 주로 저녁노을을 보기 위해 올라가서 붉게 물든 세
상에 정신을 빼앗기곤 했다.

생뚱맞게 볕 좋은 아침동산에서 노을동산을 떠올리다니…

내친 김에 생각을 이어가보면 해가 넘어가기 직전이 되면 우울한 슬픔 같은 것
이 언덕 언저리 어디쯤에 쌓여있는 것처럼 보이기 때문이다.

2015. 체체클렉, 몽골

석양은 종종 우리를 낭만으로 물들게도 하지만, 가슴 한 구석 아픈 곳을 일
깨우곤 한다. 전망 좋은 언덕 어딘가에 앉아 누군가를 기다리다 그리운 슬
픔이 맺히곤 했던 기억.

마을 언덕, 노을 같은 것이 지금도 푼크툼punctum으로 들어가는 문이 되는
것이다.
아침에 보는 동산인데도 저 곳에 앉아보고 가야겠다.

추억 하나 입에 물고

길을 걷다가 아이들을 만났다.

자꾸만 눈길이 가서 발걸음을 멈추었다. 저만할 때 용돈
이라도 받는 날이면 곧장 동네 구멍가게로 달려가 눈깔사
탕 하나씩 물고 온 날과 어쩌면 저리도 똑같은지… 완벽
한 데자뷰다.

걷는 내내 형은 뿌듯함이 온 몸에 배어 있었다.
꼭 잡은 손과 늠름한 어깨, 우쭐거리는 발걸음을 보고 덩
달아 기분 좋은 아침이 되고 말았다.

지금에사 알게 된 사실은,
내가 베푼 군것질을 동생은 전혀 기억을 못하고 있다는
사실이다.

2015. 체체클렉, 몽골

다시 울란바토르로...

이제 다시 도시로 돌아가는 길 위에 섰다.
우리만이 아니다. 그동안 만나기도 힘들었던 여행자들이 점점 꼬리를 물고 길어지고 있었다.

이 정도 포장도로를 만나면 거의 경부고속도로 수준이지만 조심해야 한다. 아스팔트 포장이 뜯기져 패인 구간이 수시로 나타났고, 지루한(아름다운 풍경도 계속되면 무뎌진다.) 귀성길과 싸우는 졸음을 둔탁한 덜컹거림과 함께 소스라치게 날려버리곤 하니 말이다.

먼지를 날리며 달려오는 차량들을 뒤로 하고 울란바토르로 다시 달렸다. 몽골 여행의 출발과 종착지가 된 그곳으로…

여행사진에서 사진여행으로의 시작은 흥분과 두려움이 공존했다. 혼자 하는 여행은 생각만큼 쉽지가 않았으며 책상 위에서 계획된 일정은 뒤죽박죽 되기 일쑤였다. 먹고, 자고, 이동하는 것이 여행의 대부분을 차지하기도 했다. 사진을 위해서는 일정을 줄이고 현장과 접하는 시간을 늘려야만 했으며, 해를 좇아서 걸어가는 시간이 생겨날수록 즐거운 감정도 덩달아 길게 이어졌던 것이다.

외로움도 줄어들었다. 저마다 배낭을 등에 지고 걸어가는 여행객들을 만났고 쉽게 마음도 열어 주었다. 때로는 동행이 되기도 하고 다음 여행지에서 재회하는 기쁨도 생겨났다. 사진 속에는 이야기가 생겨나고 생각은 깊어져 갔다. 기계적으로 좋은 사진보다는 스스로 만족하는 사진이 그래서 더욱 좋은 것이다. 풍경이든 사람이든 애정을 가지고 대하면 어느 순간 말을 걸어오기 시작했다. 좋은 사진은 교감이 생길 때 셔터를 눌러야 하겠지만 아직은 짝사랑과 비슷해서 스스로가 먼저 다가가는 사진이 많은 것도 사실이다.

"돌아오기 위해서 떠난다."는 말도 있다. 사진여행에 어울리는 말인 듯하다. 여행에서 돌아온 후의 작업, 촬영한 사진을 한 장 한 장 다시 보기를 하면서 '사진읽기'의 과정이 시작되었다. 짬짬이 노트해온 글과 사진을 같이 보면서 포토 에세이 형식으로 기록해 나갔다. 첫 번째 책은 이렇게 쓰여졌다. 원고를 정리하면서 느낀 이상한 점은 오래된 사진을 꺼내들어도 그때 그 자리의 느낌이 생생하다는 것이다. 그런 소중한 기억들. 펼쳐 놓았던 사진과 이야기를 선택하고 세상에 내어놓는 것은 다시 긴 여행을 떠나기 위해서가 아닌가 한다.

한 권의 책으로 묶어내기에는 부족한 것도 사실이다. 그럼에도 용기를 내어 보기로 한 것은 자신과의 약속이 그러하고, 사진여행을 계속하기 위해서도 반드시 거쳐야 할 과정이라는 생각에 변함이 없어서다. "곁눈질 좀 하다가 돌아가겠지", "하면 얼마나 하겠어?" 같은 말들이 가슴 한 켠에 남아 있지만 중요한 것은 내 마음이 아닌가. 변함없이 좋아하니 계속해 보자! 얼마나 다행한 일인가. 축복인지도 모를 일이다.

충고와 도움을 준 사람들에게 진심으로 감사한 마음을 조금이나마 전하고 싶다. 사진여행의 길목마다 무한한 애정과 도움을 주고, 초고에 따끔한 충고까지도 아끼지 않았던 '정중곤'님께는 마음속 깊이 감사드린다. 격려를 아끼지 않았던 옛 동료들, 친구들에게도 감사하고, 여행을 떠날 때마다 약간의 시샘과 함께 흔쾌히 허락해준 가족들… 아내 '김선미'에게도 고마운 마음을 전한다.

이 책을 세상에 나올 수 있도록 정성을 다해 준 '북랩출판사' 관계자들께 감사드린다. 끝으로 창작물 펀딩 사이트 '텀블벅tumblbug' 후원자분들은 일일이 이름을 적어 기록하는 것으로 고마운 마음을 가슴에 새겨 둔다. (김금식, 이은지, 아쿠아, 손동기, 정형호, 곽천섭, 김선미, 임시우, 이용희, 김현영, 윤기덕, 김화림, 김현원…) 다음 여행지에서 만나게 되는 수많은 이야기들과 함께 다시 만나게 될 것을 약속드리면서 이 글을 끝까지 읽어주신 독자 여러분들에게도 깊은 감사의 마음을 드린다.

고맙습니다.

2016년 1월

정 한 호